W0024810

CADFAEL

10|18
12, avenue d'Italie — Paris XIIIe

Du même auteur
aux Éditions 10/18

Les enquêtes de Frère Cadfael

TRAFIC DE RELIQUES, n° 1994
UN CADAVRE DE TROP, N° 1963
LE CAPUCHON DU MOINE, n° 1993
LA FOIRE DE SAINT-PIERRE, n° 2043
LE LÉPREUX DE SAINT-GILLES, n° 2044
LA VIERGE DANS LA GLACE, n° 2086
LE MOINEAU DU SANCTUAIRE, n° 2087
L'APPRENTI DU DIABLE, n° 2136
LA RANÇON DU MORT, n° 2152
LE PÈLERIN DE LA HAINE, n° 2177
UN INSONDABLE MYSTÈRE, n° 2203
LES AILES DU CORBEAU, n° 2230
UNE ROSE POUR LOYER, n° 2256
L'ERMITE DE LA FORÊT D'EYTON, n° 2290
LA CONFESSION DE FRÈRE HALUIN, n° 2305
L'HÉRÉTIQUE ET SON COMMIS, n° 2333
LE CHAMP DU POTIER, n° 2386
L'ÉTÉ DES DANOIS, n° 2417
LE VOLEUR DE DIEU, n° 2459
FRÈRE CADFAEL FAIT PÉNITENCE, n° 2619

Les enquêtes de l'inspecteur Felse

UNE MORT JOYEUSE, n° 2546
LA COLLINE SECRÈTE, n° 2641
PRIS AU PIÈGE, n° 2683
NE TOUCHEZ PAS AUX ÉPITAPHES, n° 2705
UN AIR DE CORNEMUSE, n° 2731
UN CŒUR NOIR, n° 2767
MRS. FELSE JOUE EN SOLO, n° 2831
LA DERNIÈRE MESURE, n° 2862
RAGA MORTEL, n° 2908
MORT AUX PROPRIÉTAIRES! n° 2927

UN BÉNÉDICTIN PAS ORDINAIRE

PAR

ELLIS PETERS

Traduit de l'anglais
par Serge CHWAT

10|18

INÉDIT

« Grands Détectives »
dirigé par Jean-Claude Zylberstein

Titre original :
A Rare Benedictine

© Ellis Peters 1979, 1981, 1985, 1988
© Union générale d'Éditions,1994
pour la traduction française
ISBN 2-264-01989-1

INTRODUCTION

Frère Cadfael a pris vie brusquement, et d'une façon inattendue, à près de soixante ans alors qu'il était déjà un homme mûr, plein d'expérience, parfaitement armé pour la vie et tonsuré depuis dix-sept ans. Quand j'eus l'idée de m'inspirer de l'histoire véritable de l'abbaye de Shrewsbury comme toile de fond pour une intrigue policière, je me rendis compte que c'était le protagoniste dont j'avais besoin. Il me fallait l'équivalent médiéval d'un détective et d'un observateur au service de la justice, au beau milieu de l'action. A cette époque, j'ignorais tout de l'être que je venais de mettre au monde et je ne savais rien du mentor exigeant auquel je me soumettais. Au demeurant, je ne pensais pas lui consacrer une série et me remis d'ailleurs aussitôt à écrire un roman policier situé à notre époque. Je ne revins au XIIe siècle et à Shrewsbury que lorsque je fus incapable de résister à la tentation de rédiger un deuxième ouvrage ayant pour cadre le siège de la ville et le massacre de la garnison par le roi Étienne, événements qui suivirent de près l'expédition du prieur au pays de Galles afin d'en rapporter les reliques de sainte Winifred pour son abbaye. A partir de ce moment, frère Cadfael avait pris sa vitesse de croisière. Plus question de revenir en arrière.

Puisque l'action de mon premier livre se situait presque entièrement au pays de Galles, et que dans les suivants elle passait et repassait fréquemment la frontière, ce qui, d'ailleurs, a toujours été le cas de l'histoire de Shrewsbury, il fallait que Cadfael soit gallois et qu'il se sente chez lui dans la région. Le nom que je lui ai donné est si rare que je ne l'ai vu attesté qu'une seule fois dans l'histoire du pays de Galles, et même là, son emploi disparaît aussitôt après que celui qui le portait l'a reçu à son baptême. Saint Cadog, contemporain et rival de saint David, grand saint de Glamorgan, fut en effet baptisé Cadfael, mais fut toujours « familièrement nommé » Cadog, selon sir John Lloyd. Ce nom, dont le saint en question semblait ne plus avoir besoin et qui, à ma connaissance, n'apparaît nulle part ailleurs, me sembla convenir exactement à mon personnage. De fait, je n'y avais mis aucune connotation de sainteté, d'autant que saint Cadog semble s'être comporté envers ses adversaires avec une férocité impitoyable qui n'avait rien à envier à celle de ses semblables, du moins s'il faut en croire la légende. Mon religieux devait avoir acquis une vaste expérience du monde des laïcs et

INTRODUCTION

être doté d'un fonds inépuisable de tolérance empreinte de résignation à l'égard de l'espèce humaine. Dès le début, je fis allusion à son passé de croisé et de marin avec ce que cela comporte d'enthousiasme et de déceptions. C'est seulement plus tard que les lecteurs commencèrent à se poser des questions sur sa vie passée et ses pérégrinations, et sur ce qui l'avait conduit à prendre l'habit.

Pour des raisons de chronologie, je ne tenais pas à évoquer le passé et à écrire un livre sur son existence de croisé. Indépendamment de la vérité qu'elle contient, toute cette série romanesque procède pas à pas, selon l'ordre des saisons et des années qui se succèdent et obéit à un rythme que je ne souhaitais pas rompre. Mais quand l'occasion me fut donnée, par l'intermédiaire de ces nouvelles, d'apporter une lumière sur sa vocation, je fus heureuse de la possibilité qui m'était offerte.

Le voici donc, non pas converti, car il ne s'agit pas de conversion, mais prêt à entendre la voix de Dieu. A une époque où la foi était fortement assise, où nul ne se laissait encore indûment tourmenter voire obséder par les tenants acariâtres de schismes et autres sectes ou courants politiques, Cadfael avait la foi du charbonnier. Ce qui lui arrive sur la route de Woodstock, c'est une révélation venue de l'intérieur, à laquelle il ne cherche pas à résister : la vie qu'il a menée jusque-là, pleine de mouvement et souvent de violence, est arrivée à son terme naturel et il se trouve confronté à de nouveaux besoins et à d'autres exigences.

En Inde, il n'est pas rare qu'un homme riche et puissant renonce à tous ses pouvoirs à la suite d'une révélation. Cette prise de conscience n'est pas une question d'âge ou d'époque, mais répond à une nécessité intérieure. L'homme prend alors la robe jaune du moine itinérant et s'en va sans rien d'autre qu'un bol à aumônes, avec un pied dans le siècle et l'autre dans l'univers de la foi.

Si l'on prend en compte les différences de climats et de traditions qui séparent la robe safran du lourd habit noir, si l'on réfléchit à ce qui oppose le solitaire, qui a pour cloître la nature sauvage, au croisé qui, après avoir parcouru le monde, voit soudain son horizon limité par un mur d'enceinte, on peut alors entrevoir la démarche de Cadfael quand il adopte la Règle de saint Benoît et entre à l'abbaye des Saints-Pierre-et-Paul de Shrewsbury.

Par la suite il lui arrivera de ne pas respecter le règlement quand il pensera avoir une bonne raison pour cela. Mais jamais il ne transgressera ni n'abandonnera la Règle.

Ellis Peters

Une lumière
sur la route de Woodstock

En cette fin d'automne de l'année 1120, la cour du roi n'était pas pressée de retourner en Angleterre alors que les combats, assez sporadiques ces derniers mois, étaient terminés et qu'un mariage royal avait, bon gré mal gré, ramené la paix. Seize ans de manœuvres patientes, de négociations secrètes et d'affrontements intermittents avaient permis au roi Henri Ier d'emporter la victoire. A présent qu'il était maître non seulement de l'Angleterre mais également de la Normandie, il savourait une joie sans pareille : les deux parties du royaume que son père, Guillaume le Conquérant, avait malencontreusement scindées en les transmettant à chacun de ses deux fils aînés étaient de nouveau réunies par son fils cadet. Henri Beauclerc avait réparé l'erreur du Bâtard non sans avoir, selon certains, prêté la main à la disparition de ses deux frères. L'un d'eux avait été hâtivement enterré sous la tour de Winchester, tandis que l'autre était prisonnier à Devizes, d'où il avait peu de chances de resurgir.

La cour pouvait se permettre de s'attarder un peu afin de profiter de sa victoire, pendant qu'Henri réduisait les dernières zones d'insécurité. Sa flotte, à Barfleur, se préparait à voguer vers l'Angleterre, où lui-même prévoyait d'être de retour avant la fin du mois. Dans cette attente, nombre de ses barons et chevaliers qui s'étaient battus à ses côtés retiraient leurs contingents et s'apprêtaient au départ. Parmi eux se trouvait un certain Roger Mauduit, que sa jeune et belle épouse attendait impatiemment au pays. Pour l'heure, il était tracassé par un problème juridique et encombré de vingt-cinq hommes à rembarquer pour l'Angleterre, où il les paierait avant de les disperser, qui sur ses terres, pour les gens de sa maisonnée, qui dans la nature, pour les canailles venues de tous horizons, qu'il avait recrutées au hasard, selon les besoins de son roi. Parmi ces canailles se trouvaient deux hommes que Roger Mauduit entendait garder à son service : un clerc — très vraisemblablement un prêtre défroqué, mais qu'importe ! — excellent copiste et latiniste qui saurait, si nécessaire, tourner les documents juridiques et les défendre à la cour de Woodstock ; et un Gallois, homme d'armes accompli, brusque et insubordonné, qui ne revenait jamais sur sa parole une fois qu'il l'avait donnée. On pouvait compter sur lui en toutes circonstances, aussi bien sur terre que sur mer, car il avait derrière lui une longue pratique de ces deux éléments. Roger, qui savait très bien qu'il n'était guère aimé, avait une confiance très limitée en la valeur et en la loyauté de ses propres soldats. Mais ce Gallois venu de Gwynedd, qui était passé par Antioche, Jérusalem et Dieu sait où encore, avait assimilé à tel point le code d'honneur des gens d'armes qu'il en était devenu une seconde nature chez lui. S'il s'engageait envers quelqu'un, il ne reviendrait pas sur son serment, quels que soient ses sentiments.

Au milieu du mois de novembre, sur une mer d'huile mais d'un calme trompeur, la petite troupe de Roger Mauduit s'embarquait à Barfleur. Lors de la traversée Mauduit approcha le clerc et le Gallois.

— Quand nous aurons débarqué, j'aimerais que vous veniez jusqu'à mon manoir de Sutton Mauduit, et que vous travailliez pour moi pendant toute la durée du procès qui m'oppose à l'abbaye de Shrewsbury. Dès que le roi arrivera en Angleterre, il se rendra à Woodstock, où il présidera les débats dudit procès, le 23 de ce mois. Acceptez-vous de rester sous mes ordres jusque-là ?

Le Gallois l'assura de son soutien, jusqu'à la fin du procès. Il s'exprimait d'une voix indifférente, comme si rien d'important sur terre ne l'attirait ailleurs. Il serait aussi bien à Northampton qu'à Woodstock. Pourquoi pas ? Et après Woodstock ? Tous les endroits se valent. Il n'y avait pas de lumière particulière pour le diriger vers un lieu plutôt que vers un autre. Le monde était vaste, plein de beauté et de saveurs, mais nulle pancarte ne lui indiquait son chemin.

Alard, le clerc loqueteux, hésita, gratta son épaisse tignasse rousse parsemée de fils gris, puis acquiesça lentement comme s'il regrettait sa décision. La route qu'il avait envisagé de suivre était bien loin de Woodstock ! Mais ce détour lui permettrait d'être payé quelques jours de plus, ce qu'il n'avait guère les moyens de refuser.

— J'aurais accepté avec beaucoup plus d'enthousiasme, avoua-t-il plus tard au Gallois, tandis qu'ils s'appuyaient tous deux au bastingage et regardaient au loin la ligne bleue de la côte anglaise se détacher légèrement sur la mer calme, si Mauduit s'était dirigé plus à l'ouest.

— Pourquoi cela ? demanda Cadfael ap Meilyr ap Dafydd. Tu as de la famille à l'ouest ?

— J'en avais jadis. Aujourd'hui, je n'en ai plus.

— Ils sont morts ?

— C'est *moi* qui suis mort, rétorqua Alard avec un sourire en coin, et un haussement d'épaules fataliste. J'avais cinquante-sept frères, et maintenant il ne m'en reste plus un seul. A présent que j'ai passé la quarantaine, ma famille commence à me manquer. C'est ce que je n'ai pas compris quand j'étais jeune.

Il jeta un coup d'œil mélancolique à son compagnon et secoua la tête.

— J'étais moine à Evesham. J'étais *oblat*. Mon

père m'a consacré à Dieu quand j'avais cinq ans. Quand j'en ai eu quinze, je n'ai pas pu supporter de terminer mes jours au même endroit. Je me suis sauvé. Quand on prononce ses vœux, on promet de rester où on est, de se contenter de ne pas bouger et de ne partir que si on en reçoit l'ordre. A l'époque, ça ne me convenait pas. Les gens de mon espèce, on les appelle des vagabonds — des esprits frivoles, incapables de rester en place. Dieu sait que j'ai voyagé une bonne partie de ma vie. Je commence à craindre de ne plus pouvoir me fixer.

— Tu as envie de retourner là-bas ? questionna le Gallois en s'enveloppant dans son manteau pour se protéger du vent froid.

— Même vous les marins, vous finissez par jeter l'ancre quelque part, répliqua Alard. Non, ils m'écorcheraient vif si j'essayais de revenir, ça je le sais. Mais c'est ce qu'il y a de bien avec la pénitence, on paye toutes ses dettes d'un coup et après, on est comme neuf. Oh ! on me trouverait bien un endroit, une fois que j'aurais payé. Mais... Ah, je ne sais pas. Non, je ne sais pas. Je suis toujours un vagabond. Je me sens déchiré entre deux désirs contradictoires.

— Au bout de vingt ans, il n'y a pas grand mal à prendre un ou deux mois de plus pour réfléchir. Copie-lui donc ses documents, suggéra Cadfael. Tu te décideras une fois le procès terminé.

Ils étaient à peu près du même âge, et pourtant le moine renégat paraissait dix ans de plus que son compagnon. Le monde, qu'il avait tant désiré connaître quand il était enfermé dans son couvent, l'avait traité sans douceur. Il n'avait jamais gagné grand-chose, ni argent ni biens matériels. Ses habits montraient la corde, il était maigre, mais peut-être, pour salaire, avait-il acquis une certaine sagesse. A l'occasion il avait été soldat, secrétaire. Il s'était occupé de chevaux, acceptant tous les travaux qui se présentaient à lui jusqu'à ce qu'il soit capable de faire à peu près tous les métiers qu'on puisse confier à un homme valide. A l'en croire il était descendu en Italie jusqu'à Rome, il avait servi pendant quelque temps sous le comte de Flandre, il avait franchi les montagnes pour passer en Espagne, mais il n'était jamais resté au même endroit bien longtemps. Il avait toujours de bonnes jambes, mais il commençait à se lasser de courir les routes.

— Et toi ? demanda-t-il en jetant un regard en coin à son camarade qui portait les armes avec lui depuis maintenant un an. D'après tes récits, toi aussi tu es un vagabond. Tu as passé des années dans les rangs des croisés, tu t'es battu sur la mer du milieu, et il faut croire que ça ne t'a pas suffi puisque tu es revenu pour participer à l'expédition de Normandie. Il n'y a donc rien qui t'attende une fois que tu seras rentré en Angleterre ? Tu vas encore participer à une guerre ? Tu n'as pas de femme pour songer à autre chose qu'à te battre ?

— Tu peux parler ! Tu as bien quitté ton couvent et jeté ta soutane par-dessus les moulins !

— C'est drôle, répondit Alard, non sans étonnement. Je n'ai jamais vu les choses sous cet angle. Une femme de temps à autre, quand l'envie m'en prenait, je ne dis pas, s'il s'en trouvait une à proximité, qui voulait bien de moi, mais le mariage et tout ça... j'ai toujours eu l'impression de ne pas en avoir le droit.

Pieds écartés, fermement campé sur le pont qui oscillait, le Gallois fixait le rivage qui se rapprochait. C'était un homme robuste, musclé et large d'épaules, d'à peine plus de quarante ans, éclatant de santé, qui devait son teint hâlé au soleil de l'Orient et à l'air du large. Il était vêtu d'un pourpoint de cuir et de bon drap. Le poignard et l'épée qu'il portait étaient de qualité. Il avait un visage agréable, aux traits fortement marqués et à l'ossature bien dessinée, caractéristiques fréquentes chez ceux de sa race. Des femmes l'avaient trouvé beau il n'y avait pas si longtemps.

— J'ai connu une fille, il y a des années, commença-t-il, méditatif, avant mon départ pour les croisades. Je l'ai laissée pour trois ans et je suis resté absent dix-sept ans. Je l'ai oubliée en Orient, il faut avouer, et elle, Dieu merci, m'avait oublié en Occident. Je me suis renseigné à mon retour. Elle n'avait pas perdu au change en épousant quelqu'un de bien, de stable, qui n'avait rien d'un vagabond, lui. Il est membre d'une guilde et conseiller de la cité de Shrewsbury, s'il te plaît. C'était déjà un poids de moins que j'avais sur la conscience. J'ai donc pu reprendre le seul métier que je connaissais : celui des armes. Sans regret, ajouta-t-il simplement. C'est tellement vieux tout cela. D'ailleurs, je me demande si on se serait reconnus après tout ce temps.

La figure de celle qui était restée au pays s'était estompée dans la brume de sa mémoire tandis qu'il se rappelait très bien celle des femmes qu'il avait connues entre-temps.

— Alors, que vas-tu devenir maintenant que le roi a obtenu tout ce qu'il voulait, qu'il a marié son fils à l'Anjou et au Maine et que la guerre est finie ? questionna Alard. Repartir en Palestine ? Pour qui a peur de s'ennuyer, ce ne sont pas les combats qui manquent, là-bas.

— Non, répondit Cadfael, les yeux à nouveau fixés sur le rivage où l'on commençait à distinguer le moutonnement des falaises et des collines.

Car cela aussi, c'était terminé depuis longtemps, et pas aussi bien qu'il aurait pu l'espérer. Cette campagne de Normandie, au rythme paresseux, n'était rien de plus qu'un bref retour au passé, un moyen de remplir l'espace vide entre une époque à jamais révolue et ce que l'avenir lui réservait. Il ne savait qu'une chose sur cette période à venir : ce serait quelque chose de nouveau, d'important, comme une porte s'ouvrant sur l'inconnu.

— Il semble que toi et moi connaîtrons un répit de quelques jours pour nous aider à voir où nous allons. Si nous sommes raisonnables, nous le mettrons à profit.

Il y eut assez d'agitation avant la tombée de la nuit pour leur éviter de se poser trop de questions. Ainsi ne purent-ils songer ni à leur passé ni à leur avenir.

Leur vaisseau, poussé par un vent favorable, arriva à Southampton avant que le soleil se couche. Alard fut chargé de vérifier le matériel qu'on débarquait, et Cadfael s'occupa de descendre les chevaux. Hommes et bêtes passeraient la nuit dans les auberges et les écuries de la ville avant de reprendre la route le lendemain matin.

— Ainsi, le roi doit se rendre à Woodstock pour présider au jugement qui sera rendu le 23 de ce mois, murmura Alard à moitié endormi, en se retournant dans la paille tiède de l'appentis, au-dessus des chevaux. Il accorde à ses cabanes de forestiers beaucoup d'importance, et, s'il faut en croire la rumeur, on discute plus des affaires du royaume à Woodstock qu'à Westminster. C'est là qu'il a sa ménagerie, des lions, des léopards et même des chameaux. Tu as déjà vu des chameaux en Orient, Cadfael ?

— Non seulement j'en ai vu, mais j'en ai monté. Ils sont aussi communs que les chevaux, là-bas. Ce sont des animaux résistants, très utiles, mais en plus de leur mauvais caractère, ils sont inconfortables. Dieu merci, on nous donnera des chevaux, tout à l'heure. Et toi, si jamais tu retournes à Evesham, qu'est-ce que tu espères y trouver ? demanda-t-il curieux, bien qu'encore mal réveillé, dans la pénombre odorante.

— Si seulement je le savais, répondit lentement Alard, avant de pousser un brusque soupir et de se réveiller complètement. Le silence peut-être... ou la tranquillité. Ne plus avoir à courir... arriver à bon port sans nul besoin de se presser. Les goûts changent. Aujourd'hui il me semble que ce serait merveilleux de rester tranquille.

Le manoir, fleuron des vastes terres de Roger Mauduit, était situé au sud-est de Northampton et s'adossait, à l'abri du vent, aux flancs de collines boisées où le roi avait une chasse. La grande maison de pierre, bâtie sur une profonde cave voûtée, était flanquée à l'extrémité orientale d'une tour basse où se trouvaient deux petites chambres et de nombreuses granges, étables et écuries adossées au mur d'enceinte. Apparemment, l'intendant s'était montré efficace pendant que son seigneur accomplissait son devoir envers son souverain.

Les meubles et décorations de la grande salle témoignaient tout aussi éloquemment de ses qualités de gestionnaire. Quant aux servantes et aux domestiques, la rapidité avec laquelle ils vaquaient à leurs occupations diverses montrait qu'ils craignaient la personne dont ils recevaient leurs ordres. Il suffisait d'une journée passée à observer lady Edwina en action pour voir qui commandait à la maisonnée. Non seulement l'épouse de Roger Mauduit était belle, mais elle était prompte à la décision et avait le sens des responsabilités. Pendant trois ans, elle n'en avait fait qu'à sa tête et il ne fallait pas être grand clerc pour deviner qu'elle appréciait cette situation. Tout laissait donc à penser qu'elle ne serait pas très heureuse de devoir renoncer à ses prérogatives, aussi satisfaite fût-elle du retour de son époux.

De dix ans la cadette de Roger, elle était grande, gracieuse, avec d'abondants cheveux blonds et de grands yeux bleus qu'elle voilait à demi sous des cils exagérément longs, ce qui ne l'empêchait pas de laisser filtrer de temps à autre un regard vif, dur, chargé d'une lueur de défi. De la même façon elle arborait presque constamment un sourire discret, qui dissimulait plus qu'il ne révélait ce qu'elle avait en tête. Et si l'accueil qu'elle réserva à son mari, quand il franchit la porte de sa demeure, fut empreint d'affection teintée de respect, Cadfael ne put s'empêcher de se demander si, dans le même temps, elle n'inscrivait pas mentalement dans ses propres livres de comptes chaque homme que son époux traînait à sa suite, ainsi que chaque article de ses vêtements, équipement et armes, comme si elle inventoriait jalousement ses possessions afin de s'assurer qu'elle ne manquerait de rien.

Elle tenait par la main son petit garçon, d'environ sept ans. L'enfant, vif et mince lui aussi, avait hérité de la couleur de cheveux et du sourire réservé, un peu forcé, de sa mère.

La dame détailla Alard de la tête aux pieds, non sans un certain mépris pour son allure de vagabond et sa moralité probablement douteuse. Elle était toutefois prête à l'accepter et à utiliser ses talents au mieux. Le clerc qui tenait les rôles du manoir connaissait son métier, mais il ne savait pas le latin et il était incapable d'écrire aussi élégamment qu'il est de mise à la cour. On expédia le nouveau secrétaire à une petite table disposée à l'angle de la grande cheminée où il travailla sans relâche à copier des lettres et des documents et à les mettre en forme afin qu'on puisse les présenter à qui de droit.

— Il est en procès avec l'abbaye de Shrewsbury, expliqua Alard, quand il fut libéré de ses travaux, après le souper, dans la grande salle. Si je me souviens bien, la fille que tu devais épouser s'est mariée à un marchand de cette ville. Shrewsbury est une abbaye bénédictine, comme la mienne à Evesham.

Bien qu'il l'ait quittée depuis des années, Alard la considérait toujours comme sienne : le temps avait effacé les raisons qu'il avait eues de la déserter.

— Tu dois en avoir entendu parler, reprit-il, si tu viens de cette région.

— Je suis né à Trefriw, dans la région de Gwynedd, répondit Cadfael, mais j'ai pris très tôt du service chez un lainier anglais que j'ai suivi avec toute sa maisonnée à Shrewsbury. J'avais quatorze ans, à l'époque, et, sachant me débrouiller avec un arc, c'est sans difficulté que je me suis mis à l'épée. Je ne volais pas ma nourriture, je suppose. Les années qui ont suivi, je les ai passées à Shrewsbury, que je connais comme ma main, y compris l'abbaye où mon maître m'a envoyé pendant plus d'un an pour y apprendre à lire et à écrire. A sa mort, j'ai quitté ma place. Je n'avais rien promis à son fils, qui était loin de valoir son père. C'est à ce moment-là que j'ai pris la Croix. Dans le feu de l'enthousiasme, nombreux sont ceux qui ont agi comme moi. Il serait excessif de prétendre que ce qui a suivi n'avait aucune valeur, mais à certains moments nous étions singulièrement démoralisés.

— C'est Mauduit qui détient le terrain litigieux, murmura Alard, et l'abbaye lui a intenté un procès pour le récupérer. Les choses en sont là depuis quatre ans sans qu'on puisse parvenir à un règlement, depuis la mort du père de Mauduit, en fait. D'après ce que je sais des bénédictins, je les crois plus honnêtes que notre Roger, je te le dis tout net. Et cependant, pour autant que je puisse en juger, ses documents paraissent authentiques.

— Où est situé le domaine qu'ils se disputent ? demanda Cadfeal.

— Il s'agit du manoir de Rotesley, près de Stretton, ainsi que du village, de l'église et des bénéfices y afférents. A ce qu'il semble, au moment de la mort du propriétaire alors que l'abbaye était encore en construction, le père de Roger a donné Rotesley aux religieux. Pas de problème jusque-là, la charte le prouve clairement, mais l'abbaye l'a cédé en fermage à Mauduit père pour qu'il puisse y finir ses jours en paix ; Roger étant déjà marié, à l'époque, et installé à Sutton. Et c'est là que les difficultés commencent. L'abbaye prétend qu'on s'était mis d'accord : le fermage prendrait fin avec la mort de l'occupant et le manoir reviendrait aux bénédictins. Roger, lui, affirme que jamais un tel accord n'a été passé. Il n'a pas à remettre Rotesley inconditionnellement, puisqu'il a été attribué aux Mauduit comme bien héréditaire. Jusqu'à présent, il s'est toujours refusé à en démordre. Après plusieurs audiences, il a été décidé de porter l'affaire devant le roi. Et voilà pourquoi, mon ami, toi et moi accompagnerons Sa Seigneurie à Woodstock après-demain.

— A ton avis, quelles sont ses chances de l'emporter ? Il n'a pas l'air trop sûr de lui, dit Cadfael, si on en juge par sa nervosité. Depuis hier il n'arrête pas de se ronger les ongles.

— C'est que la charte aurait pu être rédigée plus clairement. Elle mentionne simplement que le village est donné au vieux seigneur en fermage durant sa vie, mais elle ne parle pas du tout de ce qui se passera après, quels que soient les engagements qu'ils aient pu prendre par ailleurs. D'après ce que j'ai entendu, le père de Roger et l'abbé Fulchered étaient en très bons termes. Des documents concernant des arrangements qu'ils avaient pris — ils sont consignés dans les registres du manoir — montrent qu'ils avaient confiance l'un en l'autre. Tous les témoins sont morts. A l'abbé Fulchered a succédé un certain Godefrid. On reste dans l'expectative. L'abbaye détient peut-être des lettres qui, au même titre qu'une charte officielle, témoignent des accords passés entre l'abbé Fulchered et le père de Roger... Avec un peu de patience, on en saura plus.

Pas très pressée de se retirer, la noblesse était toujours assise à la haute table. Les sourcils froncés, Roger regardait son vin dont il avait déjà bu plus que de raison. Trouvant ce cadre familial intéressant, Cadfael observait ses maîtres du moment avec attention. Emmené par une nourrice d'un certain âge, l'enfant était parti se coucher, tandis que lady Edwina était restée près de son mari pour s'occuper de lui. Assise à sa gauche, elle veillait à ce que sa coupe ne fût jamais vide, sans se départir de son drôle de petit sourire. A sa gauche à elle était installé un jeune écuyer d'environ vingt-cinq ans, très beau, aussi déférent que discret, dont le sourire était plus ou moins l'équivalent masculin de celui de la châtelaine. L'origine de ce sourire était leur secret. Quelle qu'en fût la cause, plaisir, amusement, ou autre chose encore, ils le gardaient pour eux, et c'était assez agaçant, comme le sourire de certaines vieilles statues que Cadfael se rappelait avoir vues en

Grèce, bien des années auparavant. En plus de son allure calme, aimable, de sa beauté et de sa tenue impeccable, le jeune homme était grand, bien fait et, à en juger par le dessin de sa mâchoire lisse, il savait ce qu'il voulait. Cadfael l'étudiait de près, car manifestement c'était un privilégié dans la maison.

— C'est Goscelin, murmura Alard en guise d'explication, suivant le regard de son ami. Il a été le bras droit de la dame en l'absence de Roger.

« Ce serait plutôt son bras gauche, pour l'instant, si je ne me trompe », songea Cadfael. En effet la main droite de Goscelin tenait la main gauche d'Edwina sous la table tandis qu'elle soufflait des choses aimables à l'oreille de son époux. Et si ces deux-là ne se caressaient pas du bout des doigts, Cadfael voulait bien être pendu. Ce qui se jouait à l'abri de la nappe était étranger à ce qui se jouait au vu de tous.

— Je me demande ce qu'elle peut bien lui raconter, dit pensivement Cadfael.

Or voici ce que la dame susurrait en privé à son mari :

— Vous vous inquiétez pour rien, seigneur. Il a des preuves irréfutables ? La belle affaire s'il n'arrive pas à Woodstock à temps pour en faire état ! Vous connaissez la loi : si l'une des parties est dans l'incapacité de se présenter, l'autre partie gagne le procès par défaut. Des juges d'assises peuvent se permettre plusieurs renvois, mais croyez-vous que ce soit le cas du roi Henri ? Quiconque manquera son assignation devant lui sera condamné sur-le-champ. Et vous connaissez la route que doit emprunter le prieur Héribert, poursuivit-elle très bas, d'une voix soyeuse, ronronnante. N'avez-vous pas un pavillon de chasse, dans la forêt, au nord de la ville, juste à l'endroit où passe la route ?

La main de Roger s'était crispée sur sa coupe de vin. Il n'était pas ivre au point de ne pas pouvoir écouter attentivement les propos de son épouse.

— Pour un cavalier comme lui, le trajet de Shrewsbury à Woodstock prendra deux ou trois jours. Il vous suffira de placer un guetteur au nord du domaine, qui vous préviendra de son approche. Les bois sont profonds par ici et ce ne serait pas la première fois qu'on y rencontrerait des brigands. Même s'il arrive de jour personne ne connaîtra le rôle que vous aurez joué dans cette affaire. Contentez-vous de le cacher quelques jours. Il n'y en aura pas pour longtemps. Ensuite, vous le relâcherez en pleine nuit. Qui saura que ce ne sont pas des voleurs de grand chemin qui sont responsables de son enlèvement ? Inutile même de toucher à ses documents. Pour des bandits, ils sont complètement dénués d'intérêts. Emparez-vous de ce qu'auraient pris des ruffians ordinaires. C'est sur eux que retombera la responsabilité de sa disparition.

— Il ne voyagera pas seul, objecta Roger, entrouvrant péniblement ses lèvres serrées.

— Allons donc ! Deux ou trois serviteurs de l'abbaye ! Ils se sauveront comme des lapins ! Trois de vos hommes, aussi solides que silencieux, en viendront à bout sans peine.

L'air bougon, il commençait à partager cette façon de voir les choses et à passer en revue les hommes de sa maison, cherchant les plus aptes à accomplir cette tâche. Pas le Gallois, ni le clerc, qui étaient étrangers ici. Il lui fallait des témoins de bonne foi au cas où d'aucuns se poseraient des questions.

La petite troupe quitta Sutton Mauduit le 20 novembre, ce qui semblait pour le moins prématuré. Mais comme Roger avait décrété qu'ils s'installeraient dans son pavillon de chasse en pleine forêt, à côté de Woodstock, c'était peut-être une sage précaution : transporter du matériel et des vivres pouvait les retarder et Roger affirmait ne vouloir prendre aucun risque. Il tenait à être sur le terrain en temps et en heure et à avoir toutes ses preuves sous la main.

— Mais il les a ! s'exclama Alard piqué au vif dans son orgueil professionnel. J'ai tout examiné avec lui et le dossier, discutable certes à défaut d'instructions précises, est clair et parfaitement défendable. Mais personne ne sait ce que l'abbaye a pu rassembler en matière de témoignages. A ce qu'il paraît, l'abbé ne va pas très bien, c'est pourquoi son prieur le remplace. Quant à moi, mon travail est fini.

Il avait le regard perdu dans le lointain, comme s'il était enfermé et désirait être là où son imagination le menait ou bien comme s'il était libre, épuisé, et qu'il rentrait chez lui. Était-ce le vagabond qui avait recouvré sa liberté ou le pénitent qui se hâtait de regagner son foyer avant qu'on ne lui claque la porte au nez ? La vie monastique devait avoir quelque chose de particulièrement attirant pour qu'un homme envisage de la reprendre avec une telle expression sur le visage.

Trois hommes d'armes et deux palefreniers accompagnaient Roger, sans compter Alard et Cadfael dont le service prendrait fin avec le procès. Après quoi, ils seraient libres d'aller où ils voudraient ; Cadfael à cheval, car il possédait sa propre monture, et Alard à pied, puisque l'animal qu'il montait appartenait à Roger. Cadfael ne fut pas peu surpris de constater que l'écuyer Goscelin, bon enfant et armé d'une épée et d'un poignard, se préparait à se joindre à eux.

— Je m'étonne que la châtelaine n'ait pas besoin de lui au manoir pour assurer sa protection, en l'absence de son mari, observa-t-il sèchement.

Ce qui n'empêcha pas lady Edwina de saluer les cavaliers sur le départ avec une parfaite sérénité, prodiguant à son mari de grandes démonstrations d'affection et lui tendant son fils à embrasser.

« C'est peut-être moi qui ai tort, songea Cadfael, un peu calmé, mais il est vrai que son sourire me glace. Après tout, qu'est-ce que j'en sais ? Cette femme est peut-être un parangon de vertu. »

Ils se mirent en route de bonne heure et, avant Buckingham, s'arrêtèrent au petit prieuré, passablement démuni, de Bradwell où Roger, fatigué, choisit de passer la nuit. Il garda ses hommes d'armes avec lui tandis que Goscelin et le reste de la compagnie poursuivaient jusqu'au rendez-vous de chasse pour tout préparer en vue de l'arrivée de leur seigneur et maître. Quand ils parvinrent à destination, la nuit était tombée depuis un moment et l'agitation des hommes, qui allumaient les torches et débarrassaient les chevaux de bât de leur charge, gagna la pénombre alentour. Le pavillon, cerné par l'épaisseur des bois et doté d'écuries confortables, était de petites dimensions. Une fois qu'ils eurent allumé un bon feu et disposé de quoi manger sur la table, ils trouvèrent que l'endroit ne manquait pas de charme.

— La route qu'empruntera le prieur de Shrewsbury traverse Evesham, dit Alard qui se réchauffait près du feu après le souper. Il est à peu près certain qu'il y passera la nuit, avant de reprendre le chemin de Woodstock. A ce moment-là nos routes devraient se croiser : il est forcé de traverser la forêt.

Au fur et à mesure qu'ils avançaient vers l'ouest, Cadfael avait constaté que l'impatience de son ami grandissait.

— Il doit y avoir une trentaine de milles d'ici à Evesham. C'est beaucoup pour un groupe de religieux, objecta Cadfael. Ils parviendront à Woodstock à la nuit. Si tu es décidé à partir, attends au moins d'être payé. Tu auras besoin d'argent pour parcourir ces trente milles.

Cadfael savait qu'Alard s'en irait, même si ce dernier l'ignorait encore ; ils se couchèrent dans la tiédeur de la grande salle sans ajouter un mot. Son ami était comme un cheval fatigué qui a senti l'écurie. Rien ne l'arrêterait avant d'y avoir de nouveau trouvé refuge.

Midi était largement passé quand Roger arriva avec son escorte. Ils n'approchèrent pas directement le pavillon, contrairement au groupe de la veille, mais ils se présentèrent par le nord et la forêt, comme s'ils avaient un peu chassé et lâché leurs faucons chemin faisant, sauf qu'ils n'avaient ni chiens ni faucons. C'était une belle journée, claire et fraîche, idéale pour se déplacer. Pourquoi diable se seraient-ils privés du plaisir d'une petite promenade ? Il fallait reconnaître qu'ils avaient tous l'air ravi. Et pourtant c'était difficile à admettre, car Roger semblait tellement préoccupé par son procès qu'il ne devait pas avoir envie de se divertir. Cadfael avait l'habitude de réfléchir quand des développements inattendus se présentaient. Jadis, au cours de ses campagnes, il avait souvent constaté à quel point ils étaient significatifs. Goscelin, qui était allé les accueillir au portail, ne sembla pas tenir compte de l'endroit d'où ils venaient. Cet incident n'était pas de nature à gêner Alard dans ses projets, mais quel intérêt était-il supposé avoir pour Roger Mauduit ?

Il y avait abondance de nourriture à table ce soir-là, et le seigneur et l'écuyer burent et mangèrent à satiété sans paraître s'inquiéter le moins du monde de ce qui allait se produire. Et pourtant, selon Cadfael, qui les observait depuis le bout de la table, ils donnaient de légers signes de nervosité et de tension. C'était peut-être dû à la présence du tribunal royal. Le prieur de Shrewsbury approchait à grands pas, muni des armes qu'il avait préparées pour le combat. Mais la tension manifestée par les deux hommes semblait davantage due à l'exultation qu'à l'anxiété. Roger aurait-il déjà crié victoire avant la bataille ?

Le 22 novembre, le jour se leva, midi sonna et à chaque minute qui passait, Alard devenait plus agité, plus distrait. Quand vint le soir il fut incapable de tenir et il abandonna toute résistance. Après le souper il se présenta devant Roger, que la bonne chère et le bon vin avaient dû rendre plus accessible.

— Mon service doit prendre fin demain matin, seigneur. Vous n'avez plus besoin de moi, et si vous n'y voyez pas d'inconvénient, j'aimerais partir sur-le-champ. Je suis à pied et il me faut des provisions pour la route. Si vous êtes satisfait de mon travail, donnez-moi ce qui m'est dû et laissez-moi aller.

Apparemment cette interruption avait tiré Roger de ses préoccupations et il devait avoir hâte de s'y replonger car il ne discuta pas et s'exécuta aussitôt. Il fallait lui rendre cette justice qu'il payait toujours son personnel sans rechigner. Il était très dur en affaires, mais une fois qu'il était parvenu à un accord, il s'y tenait fidèlement.

— Va où tu veux, dit-il. Quand tu seras sur le départ, tu rempliras ton sac à la cuisine. Tu as bien travaillé, je dois le reconnaître.

Il retourna à ses réflexions. Alard s'empressa de profiter de cette générosité et rassembla ses quelques objets personnels.

— Je m'en vais, lança-t-il, croisant Cadfael sur le seuil. Il le faut. Ils me reprendront, même s'ils me donnent la place la plus modeste. De là, on ne peut pas déchoir. Le bienheureux Benoît a écrit dans la Règle qu'on peut reprendre un homme trois fois s'il promet sincèrement de s'amender.

Quand il prononça ces mots, il ne restait plus le moindre doute dans sa voix ni sur son visage.

La nuit était très noire. Il n'y avait ni lune ni étoiles sauf aux rares moments où le vent chassait les nuages pour laisser filtrer un fugitif rayon de lune. Au cours de ces deux derniers jours de fortes rafales de vent avaient bouleversé la clémence du ciel. La traversée avait dû être difficile pour la flotte royale, entre Barfleur et l'Angleterre.

— Je te conseille vivement d'attendre le matin et de partir de jour, suggéra Cadfael. Ton lit est prêt, le royaume est en paix, mais cela ne signifie pas que toutes les grandes routes soient sûres.

Mais Alard ne voulut rien entendre. Le désir qui l'étreignait était trop fort, et lui qui avait parcouru la chrétienté en tous sens, sans un sou vaillant, n'allait pas se laisser rebuter par les trente milles qui le séparaient du lieu où se termineraient ses pérégrinations.

— Bon ; en ce cas je vais aller avec toi jusqu'à la route pour m'assurer que tout va bien, soupira Cadfael.

Le chemin qui menait à la chaussée s'étendait sur environ un mille et traversait une forêt dense d'où, en se dirigeant vers le nord-ouest, Alard gagnerait Evesham. Le ruban formé par le sentier était bordé d'arbres de part et d'autre, et il était à peine moins sombre que la forêt elle-même.

Le roi avait clôturé son parc personnel de Woodstock pour y installer ses fauves, mais il y avait aussi une réserve de chasse qui s'étendait sur plusieurs milles. Parvenus à destination, ils se séparèrent, et Cadfael resta à regarder son ami qui s'éloignait vers l'ouest d'un pas vif, les yeux fixés droit devant lui, ne songeant qu'à la pénitence et à l'absolution qu'il recevrait. Lui, qui était si fatigué, il était sûr désormais de trouver le repos.

Cadfael retourna au pavillon dès que l'ombre d'Alard se fut fondue dans la nuit. Il n'était pas pressé de rentrer, car même s'il y avait beaucoup de vent, il ne faisait pas froid et il n'avait pas envie de se joindre aux autres membres du groupe maintenant que celui qu'il connaissait le mieux était parti avec un enthousiasme tellement étrange. Il continua à marcher parmi les arbres, tournant le dos à son lit.

Le bruissement continuel du vent dans les branches l'empêcha d'abord d'entendre l'écho d'une lutte. Puis un cri éclata à quelques pas de là, suivi du hennissement soudain d'un cheval. Ramené à la réalité, il s'élança à travers les taillis vers l'endroit où il distinguait un murmure confus de voix et où des buissons remuaient violemment. Les clameurs ne semblaient pas venir de loin et, en se précipitant la tête la première à travers un bosquet, il eut la surprise de se heurter brutalement à deux corps enchevêtrés qu'il sépara en tombant lourdement sur l'un d'eux dans l'herbe piétinée. L'homme sur lequel il avait trébuché poussa un cri d'effroi teinté de crainte. Il reconnut la voix de Roger. L'autre, sans le moindre bruit, s'éclipsa très rapidement et s'évanouit avec légèreté entre les arbres, ombre retournant parmi les ombres.

Cadfael s'écarta prestement et tendit le bras pour aider Roger, tout essoufflé, à se remettre sur pied.

— Vous êtes blessé, monseigneur ? Mais, au nom du ciel, qu'est-ce que vous fabriquez par ici ? Mais vous saignez ! s'exclama-t-il, sentant sous sa main crispée une manche tiède et humide. Tenez bon. Voyons un peu ce qui ne va pas avant de vous relever...

La voix de Goscelin coupa court à son inquiétude. Pour une fois il parlait fort et paraissait inquiet. Il appela son maître et traversa les buissons en courant avant de tomber à genoux à côté de Roger, désolé et furieux à la fois.

— Seigneur, que s'est-il donc passé ? Quels étaient les coquins qui traînaient dans les parages ? Comment ont-ils pu oser tendre une embuscade à des voyageurs si près d'une route royale ? Vous êtes blessé... Il y a du sang...

Ayant repris son souffle, Roger s'assit et porta la main à son bras gauche, sous l'épaule, avec une grimace de douleur.

— Ce n'est qu'une égratignure. Mon bras... Je ne sais pas qui m'a attaqué, mais qu'il soit maudit ! C'est au cœur qu'il voulait me frapper. Mon vieux, si vous n'aviez pas chargé comme un taureau, je serais peut-être mort à l'heure qu'il est. Vous l'avez empêché de me poignarder. Dieu merci, il n'y a pas grand mal, mais je saigne... Aidez-moi à rentrer !

— Qu'un homme ne puisse se promener dans ses propres bois sans être agressé par des bandits de grand chemin, c'est incroyable ! ragea Goscelin, aidant précautionneusement son maître à se remettre debout. Donnez-moi un coup de main, Cadfael. Prenez-le par l'autre bras. Des hors-la-loi si près de Woodstock ! Demain, nous enverrons des gardes pour passer cet endroit au peigne fin et les forcer à sortir du couvert avant qu'ils ne commettent un meurtre...

— Emmenez-moi à l'intérieur ! aboya Roger. Enlevez-moi ce pourpoint et cette chemise, qu'on puisse étancher ce sang. Je suis en vie, c'est l'essentiel !

A eux deux, ils le conduisirent dans la maison, en empruntant le chemin le plus praticable. Cadfael se rendit soudain compte, en marchant, que le bruit de ce combat furtif avait cessé complètement, que le vent était tombé et que dans le lointain, quelque part sur la route, il entendait un cheval galoper, vite et légèrement, comme effrayé et privé de cavalier.

L'estafilade que Roger Mauduit avait au bras gauche était longue mais peu profonde et devenait superficielle en descendant vers le coude. Tout indiquait qu'on avait voulu le frapper au cœur. Seul le choc provoqué par la chute de Cadfael, au moment précis de l'attaque, avait permis d'éviter un crime. L'ombre qui avait disparu dans la nuit n'était pas reconnaissable car elle était dépourvue de signes distinctifs. Il avait entendu un cri et s'était précipité dans la direction. Jouant le rôle de projectile, il avait séparé l'agresseur et sa victime. C'était tout ce qu'il pourrait répondre si on l'interrogeait.

Une fois pansé, reposé et réconforté par une coupe de vin chaud, Roger lui affirma qu'il lui était particulièrement reconnaissant. En vérité, ce dernier manifestait un sang-froid et un calme remarquables pour quelqu'un qui venait tout juste d'échapper à la mort. Il donnait l'impression d'être content de lui, comme si une légère blessure au bras était un prix bien faible à payer pour conserver un domaine de grande valeur et remporter la victoire sur ses adversaires bénédictins. Une fois qu'il eut montré à ses serviteurs effarés qu'il était en vie, il fixa l'heure du départ pour Woodstock, le lendemain matin, et gagna son lit avec l'aide de Goscelin.

A la cour du palais de Woodstock, les chambellans du roi, ses clercs et ses juges couraient en tous sens, non sans une certaine distraction qui ne semblait guère de mise en ce lieu. C'est du moins l'impression qu'en retira Cadfael qui, assis parmi les gens du commun, observait le spectacle qu'ils offraient. Ils s'assemblaient en petits groupes, conversant à voix basse, l'air inquiet avant de se séparer pour ensuite se regrouper ailleurs avec d'autres collègues. Ils se pressaient et se bousculaient parmi les plaignants, refusant de répondre aux questions qu'on leur posait ou les éludant, échangeaient des documents et couraient vers la porte à guetter Dieu sait qui, comme s'ils attendaient l'arrivée d'un retardataire. Il y en avait effectivement un : on ne voyait en effet nulle trace d'un prieur bénédictin au sein de l'assemblée, et personne ne s'était montré pour expliquer ou justifier son absence. Et Roger Mauduit, de plus en plus détendu et sûr de lui, en dépit de sa blessure au bras, paraissait très satisfait de lui-même.

L'heure fixée pour la séance était passée de quelques minutes quand quatre gaillards très agités, parmi lesquels se trouvaient deux bénédictins, entrèrent hâtivement et se rendirent aussitôt auprès du président.

— Nous appartenons à l'abbaye de Shrewsbury, monsieur, s'écria leur chef d'une voix larmoyante où perçaient effarement et nervosité, nous escortions notre prieur qui venait ici plaider sa cause. Il faut l'excuser, monsieur, car s'il ne s'est pas montré, ce n'est ni de sa faute ni de la nôtre. Dans la forêt, à moins de deux milles au nord, alors que nous nous rendions ici, nous avons été attaqués par une bande de malandrins qui se sont emparés de notre prieur et l'ont emmené avec eux...

Le porte-parole du monastère était si tendu, parlait d'un ton si strident qu'il ne tarda pas à mobiliser l'attention générale. Cadfael en tout cas l'écoutait très attentivement. Des hors-la-loi à moins de deux milles de Woodstock agissant sous le couvert de la nuit ? C'était certainement eux qui avaient failli causer la mort de Roger Mauduit. L'existence d'une telle bande, si près de la cour, était déjà assez étonnante en soi. Il était pratiquement impossible qu'il y en ait eu deux. La seule éventualité de leur présence scandalisa le président.

— Quoi ? On a enlevé votre prieur ? Et vous étiez quatre avec lui ? Comment est-ce possible ? Vos agresseurs étaient nombreux ?

— Nous ne savons pas au juste. Au moins trois. Mais ils nous ont tendu un guet-apens. Nous n'avions pas la moindre chance de leur résister. Ils l'ont jeté à bas de son cheval et ont disparu dans la forêt. Ils la connaissaient bien. Nous pas. Nous les avons poursuivis, mais nous n'avons pas réussi à les rattraper.

Il était clair qu'ils avaient fait de leur mieux, car deux d'entre eux portaient des ecchymoses et des égratignures, et tous avaient leurs vêtements salis et déchirés.

— Nous les avons pourchassés toute la nuit sans pouvoir retrouver leurs traces. Seule la monture du prieur a été retrouvée à un mille d'ici. Nous demandons instamment que l'absence de notre prieur ne soit pas retenue comme une charge à son encontre, car si tout s'était déroulé normalement il serait arrivé en ville la nuit dernière.

— Un instant ! Silence ! ordonna le président d'un ton péremptoire.

Chacun tourna la tête vers la porte de la grande salle où était apparu un nombre impressionnant de dignitaires de la cour qui fendaient la foule et s'avançaient à grands pas vers le centre de la salle pour s'arrêter au pied de l'estrade royale, encore inoccupée. Un chambellan d'un certain âge frappa violemment le sol de son bâton pour obtenir le silence. Il suffisait de voir son visage pour qu'une chape de plomb tombe sur la salle tout entière.

— Mes seigneurs, messieurs, que tous ceux qui sont venus ici soit pour affaires soit pour assister aux débats quittent ces lieux. Il n'y aura pas d'audience aujourd'hui. Tous les débats qui devaient avoir lieu sont reportés à trois jours et seront tranchés par les juges de Sa Majesté, qui ne pourra être présente en personne.

Le silence, cette fois, ne laissa place ni aux questions ni aux suppositions.

— A partir de cet instant, la cour est en deuil. Sa Majesté, avec la plus grande partie de sa flotte, est arrivée saine et sauve en Angleterre, comme chacun sait. Mais *la Blanche-Nef*, à bord de laquelle avait pris place le prince William, fils et héritier de notre souverain, avec tous ses compagnons et beaucoup de nobles cœurs, a mis à la voile plus tard. Ils ont été pris dans la tempête avant d'avoir quitté Barfleur. Le vaisseau s'est brisé sur un rocher et a sombré corps et biens. Il n'y a pas eu de survivants. Que chacun se retire sans bruit. Priez pour la fleur de ce royaume.

Et voilà comment s'achevait l'année qui avait vu le triomphe d'un homme : par une victoire qui ne menait à rien. Il avait conquis la Normandie, mis ses ennemis en déroute, mais, aujourd'hui, il ne restait rien de cette victoire qu'un écueil avait réduite à néant et que la mer cruelle avait dispersée. Son seul fils légitime, qui venait de réaliser un mariage magnifique, était même privé de cercueil et de tombe. Si l'on retrouvait les corps du prince et de son épouse, ce serait uniquement dû à la grâce de Dieu, car du côté de Barfleur l'océan rendait rarement les corps de ses victimes. Quelques-uns des bâtards d'Henri, dont le nombre était assez élevé, avaient disparu avec l'héritier de la couronne. Il ne restait plus qu'une fille légitime pour hériter d'un empire dévasté.

Cadfael alla marcher seul dans un coin du parc royal, méditant sur la vanité de la gloire qui se payait d'un prix si élevé. Il pensait aussi aux affaires des simples mortels à qui même un roi malheureux devait rendre justice. Il restait encore à découvrir le lieu de détention du prieur de Shrewsbury, enlevé par des coupe-jarrets en pleine forêt. Peut-être ne l'aurait-on pas découvert d'ici trois jours, quand son affaire serait jugée, à moins qu'entre-temps un homme décidé n'ait su où le chercher.

Il n'avait plus guère de doutes à présent. Une bande de brigands opérant à deux pas d'un château royal, cela n'était déjà pas banal. Or ce genre de coïncidences donnait toujours à penser à Cadfael. Mais deux ! Là non, c'était impossible. S'il n'en existait qu'une, c'était celle dont il avait surpris les agissements nocturnes à quelque distance du pavillon de chasse de Roger Mauduit. Voilà qui était plutôt troublant.

Les malheureux moines de Shrewsbury étaient probablement repartis fouiller la forêt. Cadfael, lui, savait à peu près où chercher le prieur. Roger devait se ronger les ongles, passablement inquiet de ce retard, mais il n'avait aucune raison de penser que dans trois jours le prisonnier aurait recouvré sa liberté pour venir lui apporter la contradiction au tribunal. Tout cela ne lui laissait guère le temps de se préoccuper des agissements de son homme d'armes gallois.

Cadfael se mit en selle et retourna vers le rendez-vous de chasse sans se presser. Il partit au début de la soirée, dès que le souper fut terminé. A cette heure de la journée, nul ne lui prêta attention. Quant à Roger, il lui suffirait de tenir sa langue et de ne pas perdre la tête pendant trois jours, au terme desquels le manoir en litige lui serait attribué. Après tout, les choses auraient pu se présenter plus mal.

Il restait deux hommes d'armes et un valet d'écurie au pavillon de chasse. Cadfael ne croyait pas qu'il retrouverait le prieur dans la maison même, car, à moins qu'on ne lui ait bandé les yeux, il en aurait beaucoup trop appris sur le lieu où on le retenait prisonnier et le mythe des hors-la-loi s'évanouirait comme neige au soleil. Cadfael l'imaginait détenu sur la paille ou le sol de jonc d'une cabane ordinaire dans l'obscurité ou, au moins, la demi-pénombre. On devait le nourrir convenablement mais très simplement, comme des brigands gardant un prisonnier que par prudence — ou par superstition — ils s'abstiennent de tuer, avant de le relâcher dans quelque endroit éloigné, délesté de tous ses objets de valeur. D'un autre côté, il aurait probablement été plus en sûreté à l'intérieur du domaine, les risques d'être découvert étant moindres. Entre le portail et la maison, il y avait suffisamment d'arbres pour donner de l'ombre à la vaste propriété d'un homme riche. C'est là qu'il devait être, quelque part vers les granges, les écuries ou les chenils, vides à présent.

Cadfael attacha son cheval à couvert, assez loin du pavillon et se dénicha un observatoire dans un grand chêne, d'où, par-dessus la palissade, il avait une excellente vue sur la cour.

La chance lui sourit. Les trois hommes à l'intérieur étaient en train de souper tout à loisir avant d'aller nourrir leur prisonnier, préférant pour cela attendre la nuit. Au moment où le valet d'écurie sortit de la grande salle, tenant entre ses mains un pichet et un bol, Cadfael avait adapté sa vision à l'obscurité. Les geôliers étaient prudents mais sans excès, car ils ne s'attendaient pas à une intervention extérieure. Le palefrenier disparut momentanément avant de réapparaître près de l'un des bâtiments bas adossés à la clôture. Il posa un instant son pichet pour repousser une lourde barre de bois tenant la porte bien fermée. Celle-ci se referma derrière lui avec un bruit sourd, comme s'il l'avait repoussée de tout son poids en s'y adossant, ne prenant aucun risque, même avec un moine plus tout jeune. Quelques minutes plus tard, il ressortit les mains vides, remit la barre en place et repartit en sifflotant vers la grande salle où l'attendait la bière de Mauduit.

Il ne s'agissait ni des écuries ni des chenils, mais d'un petit appentis à foin, trapu, construit sur des petits pilotis. Au moins le prieur ne couchait pas à la dure.

Avant de se risquer à bouger, Cadfael patienta jusqu'à l'extinction de la dernière lumière. Le mur de bois qui entourait le pavillon était haut et massif, mais avec tous les vieux arbres qui, de l'extérieur, lançaient leurs branches par-dessus son faîte, il n'eut pas grand mal à le franchir et à sauter dans l'herbe épaisse de l'autre côté. Il se dirigea d'abord vers le portail et ouvrit tranquillement l'étroit guichet qui y était encastré. De fins rayons lumineux produits par des torches filtraient à travers les interstices des volets de la grande salle, mais rien ne bougeait. Cadfael saisit la lourde barre fermant la porte du magasin et la tira silencieusement hors de ses alvéoles avant d'ouvrir précautionneusement le vantail de quelques pouces et de lancer à voix basse :

— Père...

Il y eut un brusque remue-ménage dans le foin mais pas de réponse dans l'immédiat.

— Père prieur, c'est vous ? Pas de bruit... Êtes-vous enchaîné ?

— Non, répondit une voix timide, hésitante, qui au bout d'un moment prit de l'assurance et murmura : Êtes-vous l'un de ces pécheurs, mon fils ?

— Pécheur, je le suis, certes, mais je n'appartiens pas à leur bande. Silence ! Doucement maintenant ! J'ai un cheval à deux pas d'ici. Je suis venu de Woodstock pour vous emmener. Donnez-moi la main, père, et venez.

Une main sortit de la pénombre et s'accrocha convulsivement à celle de Cadfael. La tache pâle d'un crâne tonsuré jeta un faible éclat puis une petite silhouette tout en rondeur apparut et s'avança dans l'épais gazon. L'ecclésiastique eut suffisamment d'esprit pour ne pas se fatiguer à poser d'inutiles questions et resta silencieux, docile, attendant que Cadfael tire le battant derrière lui sur la pièce désormais vide. Ensuite, saisissant le religieux par le poignet et longeant la palissade, il le mena au guichet qu'il avait entrouvert dans le grand portail. C'est seulement quand il eut refermé le lourd vantail sur eux que le prieur poussa un grand soupir plein de reconnaissance.

Ils étaient dehors à présent, tout était terminé et, selon toute vraisemblance, personne ne se rendrait compte de l'évasion du religieux avant le matin. Cadfael le guida jusqu'à l'endroit où il avait laissé son cheval à l'attache. La forêt les enveloppait de son calme et de sa sérénité.

— Mettez-vous en selle, père. Moi, je marcherai à côté de vous. Nous ne sommes qu'à deux milles de Woodstock. On ne risque plus rien maintenant.

Tout étonné par ce soudain revirement de situation mais plein de confiance, le prêtre obéit comme un enfant. C'est seulement quand ils furent arrivés sur la chaussée déserte qu'il ouvrit la bouche.

— J'ai échoué dans ma mission. Ah, mon fils, que Dieu vous bénisse pour votre bonté, qui cependant dépasse mon entendement. Comment avez-vous entendu parler de moi ? Comment avez-vous pu deviner où j'étais ? Je ne comprends rien à ce qui s'est passé. Je ne suis pas particulièrement brave, vous savez... Mais mon échec ne vous est pas imputable et ma bénédiction vous est tout acquise.

— Vous n'avez pas échoué, père. L'audience n'a pas encore eu lieu. Il s'en faut de trois jours. Tous vos compagnons sont sains et saufs à Woodstock, sauf qu'ils s'inquiètent à votre sujet et qu'ils vous cherchent partout. Si vous savez où ils logent, je vous conseille d'aller les rejoindre dès cette nuit et de ne pas mettre le nez dehors jusqu'au jour du procès. Si on vous a tendu un piège pour que vous ne puissiez pas vous présenter au tribunal royal, il pourrait y avoir une autre tentative. Vous avez vos documents ? On ne vous les a pas pris ?

— C'est frère Orderic, mon secrétaire, qui les avait sur lui, mais il ne saurait en faire état auprès de la cour, moi seul suis habilité à défendre notre cause et à représenter mon abbé. Cependant, mon fils, je ne m'explique pas le retard dont vous parlez. Le roi est toujours ponctuel, tout le monde sait cela. Dieu et vous m'avez sauvé de la disgrâce d'avoir perdu notre procès. Mais comment est-ce possible ?

— Le roi n'a pas pu venir pour une raison bien triste, père.

Cadfael lui expliqua toute l'histoire et comment la moitié de la jeune chevalerie anglaise avait péri dans le désastre de Barfleur, laissant du même coup le roi sans héritier. Choqué, effaré, le prieur Héribert, dans un murmure désolé, se mit à prier pour les vivants et les morts pendant que Cadfael marchait sans un mot à côté du cheval. Que pouvait-on ajouter à cela, sinon que le roi Henri, même dans ces circonstances très éprouvantes, voulait que la justice continuât à suivre son cours, ce qui était l'apanage de tout monarque. C'est seulement quand ils entrèrent dans la ville endormie que Cadfael interrompit les ferventes prières du bénédictin par une étrange question.

— L'un des membres de votre escorte portait-il une arme ? Un poignard, une épée, ou quelque chose de ce genre ?

— Dieu nous préserve ! Bien sûr que non ! Nous n'en avons pas l'usage. Nous avons foi en la paix de Dieu et ensuite en celle du roi.

— C'est bien ce que je pensais, murmura Cadfael avec un hochement de tête. Je ne vois pas à quoi cela vous servirait.

Au changement d'attitude de Mauduit, Cadfael sut à quel moment ce dernier avait été informé de la disparition du prieur. Pendant tout le reste de la journée, il marcha de long en large, les nerfs tendus, l'oreille aux aguets, s'attendant à entendre l'écho d'une nouvelle sensationnelle se propager à travers les rues, inquiet à l'idée que le petit prieur puisse se présenter à Woodstock ou au tribunal, bien décidé à porter plainte auprès des officiers du roi. Mais au fur et à mesure que le temps passait sans que le religieux ne donne signe de vie, il commençait à retrouver un peu de sérénité et à espérer un miracle en sa faveur. De temps à autre, on voyait apparaître un bénédictin muet, le visage tendu, preuve évidente qu'ils n'avaient rien appris de nouveau sur leur supérieur. Il ne restait plus à Roger qu'à serrer les dents, faire bonne contenance, attendre et ne pas perdre espoir.

Le deuxième jour passa et le troisième arriva. Les espérances de Mauduit grandissaient car il ne s'était toujours rien produit. Plein de confiance, il se dirigea vers le juge du roi, ses documents à la main. C'était l'abbaye qui était à l'origine de ce procès. Avec un peu de chance il n'aurait même pas lieu, et l'affaire tomberait d'elle-même si son adversaire n'était pas personnellement présent au prétoire.

UN BÉNÉDICTIN PAS ORDINAIRE

Ce fut pour lui un choc terrible quand il y eut une soudaine agitation à la porte et qu'à l'heure exacte un petit bonhomme tout rond, vêtu de la robe noire des bénédictins, pénétra dans la salle d'audience. Il serrait contre lui un nombre impressionnant de rouleaux de parchemin, et ses collègues, également habillés de noir, lui servaient de gardes du corps. Cadfael aussi l'observait car c'était la première fois qu'il le voyait en pleine lumière. C'était un être modeste, bien en chair, à l'air aimable et au visage rose et doux. Il n'était peut-être pas aussi âgé que Cadfael l'avait pensé lors de leur trajet nocturne. Il avait dans les quarante-cinq ans et donnait une impression d'innocence rayonnante. Mais pour Roger Mauduit, il était aussi effrayant qu'un dragon cracheur de feu.

Qui aurait pu s'attendre, de la part d'un être aussi charmant, voire un peu falot, à tant de clarté et de précision dans l'exposé ? Le petit homme déploya ses documents originaux, strictement identiques à ceux de Roger, s'il fallait en croire le récit d'Alard. Il n'oublia rien de ce qui avait suivi le décès d'Arnulf Mauduit, soulignant même scrupuleusement les discussions auxquelles le silence de ce dernier sur un point essentiel avait pu donner lieu. Ensuite, il présenta deux lettres de ce même Arnulf Mauduit à l'abbé Fulchered où il évoquait sans ambiguïté la restitution obligatoire du manoir et du village à l'abbaye après sa mort et s'engageait au nom de son fils à ce que ses dernières volontés fussent respectées.

Si Roger se montra aussi inefficace à réfuter ces preuves, ce fut peut-être par manque d'arguments, à moins que sa conscience ne le tourmentât. Quoi qu'il en soit, le jugement fut tranché en faveur de l'abbaye.

Cadfael se présenta devant son maître qu'il allait quitter maintenant que le verdict avait été rendu.

— Votre affaire est terminée, seigneur, et mon service aussi du même coup. J'ai tenu ma promesse. A présent, pour moi, c'est l'heure du départ.

Roger était vautré sur son siège, furieux. Il leva sur son interlocuteur un regard censé le foudroyer sur place, mais qui manqua totalement son effet.

— Je me demande à quel point vous vous êtes montré loyal envers moi, grommela-t-il. Qui d'autre pouvait être au courant...

Il s'arrêta juste à temps car tant qu'il gardait le silence sur ce point, tant qu'il n'accusait personne, les choses pourraient en rester là. Il aurait pourtant aimé lui demander comment il avait su. Mais il se ravisa.

— Bon, eh bien, partez donc, si vous n'avez rien à ajouter.

— Sur ce point précis, non, en effet, répondit Cadfael d'un ton lourd de sous-entendus.

Cette réplique n'avait vraiment rien de rassurant

car elle signifiait que sur un autre sujet il avait des choses à dire.

— Réfléchissez un peu à ce qui va suivre, seigneur, je quitte votre maison et je ne vous veux pas de mal. Aucun des quatre hommes qui escortaient le prieur Héribert à Woodstock n'était armé. A eux cinq, ils ne disposaient pas du plus petit poignard ni de la moindre épée.

Il vit que ses mots avaient porté, lentement, mais avec une force considérable. Les hors-la-loi n'avaient été qu'un conte de bonne femme, mais jusqu'alors — comment aurait-il pu en être autrement ? — Roger avait cru que le coup de poignard reçu dans la forêt avait simplement été une audacieuse tentative de la part d'un serviteur de l'abbaye s'efforçant de défendre son maître. Il cligna des yeux, avala sa salive et, le regard fixe, commença à transpirer en voyant s'ouvrir sous ses pieds un abîme où il risquait fort de disparaître.

— Seuls vos hommes portaient des armes, poursuivit Cadfael

Ainsi donc Roger était sorti se promener la nuit dans la forêt et il était tombé dans un guet-apens. Le châtelain ne put s'empêcher de penser que le chemin du retour, de Woodstock à Sutton Mauduit, serait bien long et qu'il y aurait d'autres occasions de l'attaquer nuitamment.

— Qui était-ce ? demanda-t-il d'une voix basse et rauque. Qui ? Je veux un nom !

— Pas question, répondit simplement Cadfael.

A vous de tirer vos propres conclusions. Je ne suis plus à votre service. *Maintenant*, je n'ai plus rien à ajouter.

Le teint de Roger avait viré au gris. Il repensait au plan si séduisant qu'on lui avait glissé à l'oreille.

— Vous ne pouvez pas me laisser comme ça ! Si vous en savez autant, revenez avec moi, pour l'amour de Dieu ! Vous serez mon garde du corps. Je sais que je peux avoir confiance en vous.

— Pas question ! répéta Cadfael. Vous êtes prévenu. Protégez-vous tout seul.

« Ce n'est que justice, songea-t-il. En voilà assez. » Cadfael tourna les talons et s'en alla sans un mot de plus. Dans la tenue où il était, il se rendit à vêpres à l'église paroissiale, sans autre raison, c'est du moins ce qu'il crut alors, que l'appel de cette pénombre émanant du portail grand ouvert alors qu'il venait d'en finir avec sa tâche du moment. Cette pénombre l'invitait à venir réfléchir au calme tandis que la cloche annonçant l'office était en train de sonner. Le petit prieur était là, éperdu de reconnaissance. Lui aussi avait réussi à mener son travail à bien et maintenant une page du livre de sa vie était tournée.

Cadfael assista au service et, après le départ du prêtre et des fidèles, resta quelques instants immobile. Quand l'église se vida, le silence qui y régnait était plus profond que la mer et infiniment réconfortant. Cadfael s'imprégna de cette atmosphère, aussi bonne que du pain frais. Ce fut le contact d'une petite main sur la garde de son épée qui le tira de sa rêverie. Baissant les yeux, il vit un enfant de chœur, tout jeune, qui lui arrivait à peine au coude et qui le regardait de ses grands yeux écarquillés d'un bleu intense où passait une lueur de défi. Il était impressionnant, aussi solennel que celui d'un ange annonciateur.

— Est-ce bien l'endroit pour porter une arme de guerre, monsieur ? demanda l'enfant d'une voix aiguë, pleine de reproche, en tapotant de sa petite main la poignée de l'épée.

— Vous n'avez peut-être pas tort sur ce point, monsieur, répondit Cadfael avec une gravité souriante.

Et, d'un geste lent, il détacha l'arme de sa ceinture et alla la déposer bien à plat sur la dernière marche de l'autel où elle sembla curieusement avoir trouvé une place lui assurant enfin le repos. Après tout, sa garde avait la forme d'une croix.

Le prieur Héribert partageait un repas frugal avec ses compagnons chez le curé de la paroisse quand Cadfael lui demanda audience. Le petit homme se leva courtoisement pour accueillir son visiteur, qu'il eut d'abord le sentiment d'avoir déjà vu, avant de reconnaître en lui un ami.

— Vous, mon fils ! C'était aussi vous à vêpres.

Il m'a bien semblé que je ne me trompais pas. Soyez le bienvenu parmi nous. S'il y a un service que nous puissions vous rendre, mes camarades et moi, pour vous remercier de l'aide que vous nous avez apportée, il vous suffit de parler.

— Vous repartez demain pour votre abbaye, père ? demanda Cadfael avec une vivacité toute galloise.

— Certainement, mon fils. Dès la fin de prime. L'abbé Godefrid doit être impatient d'avoir de nos nouvelles.

— En ce cas, père, me voici. Je suis à un tournant de mon existence. J'ai terminé le travail pour lequel on m'avait engagé. J'en ai fini avec le métier des armes. Emmenez-moi avec vous.

Le prix de la lumière

Hamo FitzHamon de Lidyate possédait deux riches manoirs au nord-est du comté, vers la frontière du Cheshire. Malgré sa propension à manger comme quatre, à boire comme un trou et à courir les femmes, malgré sa dureté envers ses tenanciers et sa brutalité à l'égard de ses domestiques, il était toujours en excellente santé quand il arriva à l'âge de soixante ans. Lorsqu'il fut victime d'une attaque bénigne, ce lui fut un choc salutaire. Pour la première fois de sa vie, il sentit les portes de l'au-delà s'ouvrir toutes grandes devant lui et il se rendit compte, perspective désagréable, que l'autre monde pourrait juger à propos de le traiter beaucoup plus sévèrement que celui des vivants. Bien qu'il n'en éprouvât aucun remords, il avait conscience d'avoir commis un certain nombre d'actes qui, aux yeux de Dieu, constitueraient peut-être des péchés sérieux. Il commença donc à penser — sage précaution — à s'acquérir du mérite sur le plan spirituel dans les délais les plus brefs. A moindres frais également, car c'était un fesse-mathieu, peu enclin à la générosité. Un don judicieux, à un quelconque établissement religieux, suffirait à assurer le salut de son âme. Pour doter un monastère ou une nouvelle église, il n'y avait pas besoin d'aller chercher bien loin. L'abbaye bénédictine de Shrewsbury pourrait offrir toute une kyrielle de prières en échange d'une offrande, somme toute modeste.

La pensée de donner aux pauvres ne lui souriait guère même si faire la charité était un acte que nul ne pouvait manquer de remarquer. Ses aumônes ne tarderaient pas à être dépensées puis oubliées. De plus, les bénédictions de mendiants, plus ou moins dépenaillés, seraient sûrement de peu de poids et n'attireraient pas sur lui le regard bienveillant du ciel. Non, il voulait quelque chose dont l'usage quotidien lui vaudrait le respect de ceux qui l'utiliseraient. Quelque chose qui rappellerait sa munificence et sa piété. Il prit tout son temps avant de se décider, et, quand il eut arrêté son choix sur un objet précieux qui ne lui coûterait pratiquement rien, il envoya son homme de loi à Shrewsbury s'entretenir avec l'abbé et le prieur, avant de parapher, en grande pompe et en présence de nombreux témoins, le document qui accordait au gardien de l'autel de la Vierge Marie, dans l'église abbatiale, la somme nécessaire (provenant du fermage de l'un de ses tenanciers libres) pour éclairer l'autel en question pendant toute l'année. Il promit également, pour que tout le monde vît à quel point il était charitable, de donner une paire de beaux chandeliers d'argent qu'il apporterait lui-même afin d'assister à leur installation lors des festivités, toutes proches, de Noël.

L'abbé Héribert qui, après une longue vie de désillusions, croyait encore en la bonté de son prochain fut touché jusqu'aux larmes par tant de générosité. Le prieur Robert, qui était lui-même un aristocrate, s'abstint de jeter un doute sur les motivations de Hamo — solidarité entre Normands oblige —, mais ne put s'empêcher de hausser les sourcils d'étonnement. Frère Cadfael, ne connaissant le donateur que de réputation, attendit avec une certaine objectivité de voir l'individu en question avant de porter un jugement. Oh ! il n'espérait pas grand-chose ! Ayant vécu quarante-cinq ans dans le siècle, il avait appris à ne pas se montrer trop exigeant.

Ce fut avec un intérêt détaché qu'il assista à l'arrivée des occupants de Lidyate, le matin de la veille de Noël. En cette année 1135, le jour de la Nativité serait vraisemblablement très froid. Il gèlerait à pierre fendre avec des chutes parcimonieuses d'une neige coupante comme la lanière d'un fouet sous la poussée d'un vent d'est dévastateur. Le temps avait été mauvais toute l'année et les récoltes désastreuses. Dans les villages les gens grelottaient, affamés, et frère Oswald, l'aumônier, ne savait plus à quel saint se vouer, car l'argent qu'il avait à distribuer n'était pas suffisant pour permettre à ces malheureux de se maintenir en vie. L'apparition de trois beaux chevaux de selle montés par des cavaliers chaudement vêtus pour se protéger du froid et suivis de deux chevaux de bât attira une foule de miséreux demandant la charité en tendant leurs mains bleuies par le froid. Tout ce qu'ils obtinrent fut une poignée de menue monnaie, et quand ils gênèrent les mouvements de FitzHamon, ce dernier utilisa sa cravache avec un parfait naturel pour se frayer un chemin. Marquant un temps d'arrêt alors qu'il se rendait à l'infirmerie pour ses soins quotidiens aux malades, frère Cadfael songea que la rumeur n'avait pas dû se montrer très injuste envers Hamo FitzHamon.

Lorsque le maître de Lidyate mit pied à terre dans la grande cour, on put voir qu'il était grand et bien en chair. Il avait une stature lourde, des cheveux, une barbe et des sourcils en bataille raides et piquants, dont la couleur noire était parsemée de poils gris. S'il ne s'était pas laissé aller à tant d'excès, il aurait eu fière allure, mais il avait le visage rouge, tavelé et des poches flasques se creusaient sous ses yeux enfoncés dans leurs orbites. Il paraissait plus âgé qu'il ne l'était en réalité, mais c'était encore quelqu'un avec qui il fallait compter.

La deuxième monture portait son épouse, en croupe derrière un valet d'écurie. Emmitouflée dans ses lainages et ses fourrures, elle était quasiment invisible et paraissait toute petite. Elle était confortablement appuyée contre le dos puissant du palefrenier qu'elle tenait serré par la taille. Le jeune homme — il avait à peine vingt ans — était vraiment très beau garçon avec ses belles joues colorées, ses grands yeux innocents pleins de gaieté, ses longues jambes et ses larges épaules. C'était le modèle même du jeune campagnard, efficace dans son travail. D'un bond il sauta souplement à bas de son cheval, prit, pour l'aider à mettre pied à terre, la dame par la taille avec autant d'enthousiasme qu'elle l'étreignait un instant auparavant. Deux petites mains gantées restèrent sur les épaules du jeune homme quelques secondes de plus que nécessaire tandis qu'il continuait à la soutenir respectueusement jusqu'à ce qu'elle ait repris son équilibre. Hamo FitzHamon quant à lui était en grande conversation avec le prieur qui l'accueillit cérémonieusement, et avec le frère hospitalier qui avait mis à sa disposition les meilleures chambres de l'hôtellerie.

Le troisième cheval portait également deux personnes, mais la femme en croupe n'attendit pas qu'on l'assiste pour descendre de sa monture. Elle glissa vivement à terre et vint retirer le grand manteau qui enveloppait sa maîtresse. La jeune suivante, vêtue de drap ordinaire, était un être calme, soumis, d'environ vingt-cinq ans, dont les cheveux étaient cachés sous une grossière guimpe de lin. Elle avait un visage très fin, blanc, avec une superbe peau claire. Ses yeux las, méfiants, d'un bleu transparent, étaient d'une couleur vive qui convenait mal à l'humilité et à la résignation qu'on y lisait.

Quand elle ôta le lourd vêtement des épaules de la châtelaine, on vit qu'elle la dépassait d'une tête, mais elle semblait terne en comparaison du petit oiseau au plumage éclatant qui venait d'apparaître. Lady FitzHamon s'avança, un sourire gracieux aux lèvres, vêtue de marron et de rouge vif tel un moineau dont elle avait toutes les audaces. Ses cheveux étaient tressés au sommet de sa petite tête délicate et ses joues rondes et douces étaient rosies par le froid. Ses grands yeux noirs montraient qu'elle était sûre de son charme et de ses capacités à séduire. Elle n'avait certainement pas plus de trente ans. FitzHamon avait quelque part un grand fils qui avait lui-même des enfants et attendait, impatiemment, son héritage, selon certains. Cette jeune femme devait être sa deuxième ou sa troisième épouse ; elle était bien plus jeune que son beau-fils, et c'était une vraie beauté. Hamo occupait une position suffisamment solide et en vue pour ne jamais être à court d'épouses au fur et à mesure qu'il les épuisait. Celle-ci avait dû lui coûter un bon prix, car elle n'avait pas l'air d'une parente pauvre, mais jolie, qu'on vend pour s'assurer une alliance profitable. Bien au contraire elle paraissait fort bien connaître sa situation et tenait à ce que tous la traitent selon son rang. Elle s'y entendait certainement comme personne à présider la haute table de Lidyate, ce qui comptait sûrement beaucoup pour elle.

Le palefrenier maigre et solide, derrière lequel était venue la servante, était nettement plus âgé, et sa figure évoquait un vieux chêne noueux. A en juger par son regard sardonique et patient, il devait servir dévotement FitzHamon depuis de longues années et avoir le privilège de le connaître dans ses bons comme dans ses mauvais jours. Probablement avait-il appris à connaître l'âme de Hamo. Sans un mot, il se mit à décharger les bêtes de somme avant de suivre son maître à l'hôtellerie pendant que le plus jeune valet prenait la bride de la monture de FitzHamon et emmenait les chevaux aux écuries.

Cadfael observa les deux femmes tandis qu'elles se dirigeaient vers la porte. La maîtresse, avec son allure souple de biche, précédait sa servante d'un ou deux pas, et cette dernière était obligée de ralentir pour ne pas trop se rapprocher. Même ainsi, gênée comme un faucon encapuchonné, elle avait une démarche pleine de grâce. Elle était sûrement d'origine servile, comme ses deux collègues. Cadfael savait reconnaître au premier coup d'œil les gens libres de ceux qui ne l'étaient pas. Non pas que les hommes libres aient une vie facile, ils étaient même parfois plus mal lotis que les serfs du voisinage. Et en cette période de Noël, il y avait profusion d'hommes libres à ne pas manger à leur faim et à devoir demander l'aumône à ceux qui se pressaient au portail. La liberté, ambition première de tout un chacun, ne suffisait pas à remplir l'estomac des femmes et des enfants quand la récolte avait été mauvaise.

FitzHamon et ses compagnons apparurent en pleine gloire à vêpres pour voir les chandeliers installés respectueusement sur l'autel de la chapelle de la Sainte Vierge. L'abbé, le prieur et les religieux n'eurent pas à se forcer pour admirer cette offrande comme elle le méritait. En vérité, les bougeoirs étaient magnifiques avec leurs tiges graciles terminées par deux lys jumeaux en pleine floraison. Même les veines des feuilles avaient la délicatesse et la perfection de la fleur vivante. Frère Oswald, lui-même orfèvre de talent quand il avait le temps de se consacrer à cet art, resta à regarder les nouvelles décorations de l'autel, partagé entre l'enthousiasme et le regret. Au moment où le donateur alla souper avec l'abbé Héribert dans ses appartements, il se risqua à lui adresser la parole.

— Ce sont des pièces dignes d'un roi, seigneur. Je suis un peu orfèvre moi-même et je connais la plupart des artisans de renom dans nos régions, mais je n'ai jamais rien vu d'aussi saisissant de vie. Il y a là-dedans le coup d'œil d'un homme de la campagne et le tour de main d'un artiste de la cour. Puis-je savoir à qui on les doit ?

Le visage fatigué de FitzHamon s'empourpra,

comme si une ombre redoutable lui gâchait la satisfaction qu'il éprouvait envers lui-même.

— C'est une commande que j'ai passée à quelqu'un qui est à mon service. Vous n'en avez sûrement jamais entendu parler, répondit-il avec brusquerie. Il est d'origine serve mais il n'est pas maladroit.

Et là-dessus il s'éloigna, coupant court à toute question et entraînant à sa suite son épouse, sa servante et ses valets. Seul le serviteur le plus âgé, qui ne paraissait pas craindre son maître autant que les autres — peut-être parce qu'il l'avait si souvent ramené dans sa chambre et couché quand il était ivre mort — se tourna pour tirer frère Oswald par la manche.

— Il n'aime pas bien qu'on le questionne sur ce chapitre, lui glissa-t-il sur le ton de la confidence. L'orfèvre — il s'appelle Alard — s'est enfui de chez lui à Noël dernier. Il a eu beau le chercher jusqu'à Londres, où on avait cru retrouver sa trace, il n'a jamais pu lui remettre la main dessus. A votre place, je n'insisterais pas.

Sur ces mots, il partit rejoindre son maître, plantant là les religieux étonnés.

— Il ne doit pas renoncer facilement à ce qui lui appartient, homme ou objet, murmura pensivement frère Cadfael, à moins qu'on y mette le prix, et encore un prix élevé.

— Vous devriez avoir honte, mon frère ! s'écria frère Jérôme d'un ton de reproche. Ne s'est-il pas séparé de ces trésors par pure charité ?

Cadfael s'abstint de gloser sur les profits que FitzHamon espérait retirer de sa générosité. Cela ne servait jamais à rien de discuter avec frère Jérôme qui, de toute manière, savait pertinemment que le don des lys d'argent et du loyer d'un fermage n'était pas désintéressé.

— Tout de même, se désola frère Oswald, j'aurais souhaité qu'il se montre charitable à meilleur escient. Ces objets sont certes admirables, un vrai plaisir pour les yeux. Mais si on les avait vendus à leur juste valeur, on en aurait retiré assez d'argent pour permettre à mes pauvres les plus démunis de passer l'hiver, alors que faute de subsides, certains d'entre eux ne survivront pas.

Frère Jérôme était scandalisé.

— Ne les a-t-il pas donnés à la Sainte Vierge en personne ? gémit-il, indigné. Ne tombez pas dans le péché des apôtres qui se sont plaints, comme vous le faites à présent, de la femme qui avait apporté un flacon de nard et l'avait répandu sur les pieds du Sauveur. Rappelez-vous les reproches de Notre Seigneur à leur endroit. Ne leur a-t-il pas enjoint de la laisser tranquille, car son acte était bon ?

— Jésus saluait là un geste de dévotion bien intentionné, répliqua frère Oswald avec esprit. Il n'a jamais prétendu que c'était une bonne idée ! « Elle a fait ce qu'elle a pu. » Voilà ce qu'il a dit. Quand a-t-il affirmé qu'avec un peu plus de réflexion elle n'aurait pas pu agir mieux ? A quoi bon blesser cette femme après coup ? Il n'y avait plus moyen de le récupérer, ce nard.

Son regard s'attarda respectueusement, amoureusement sur les lys d'argent dont les hautes tiges étaient couronnées d'une flamme. Ils étaient encore là, eux, et on pourrait leur trouver un meilleur usage, ou plus exactement on aurait pu si le donateur avait été plus compréhensif. Après tout, il avait le droit de disposer de son bien à sa guise.

— C'est un péché, déclara doctement Jérôme, de vouloir détourner ce qui a été offert à Notre-Dame. Cette seule pensée est un péché.

— Si Sainte Marie pouvait nous donner son sentiment, rétorqua sèchement Cadfael, on apprendrait peut-être à ne pas confondre un péché grave et un sacrifice acceptable.

— Quel prix pourrait être trop élevé pour éclairer cet autel sacré ? interrogea Jérôme.

C'est une bonne question, songea Cadfael alors que les religieux se rendaient au réfectoire. On pourrait demander à frère Jordan, par exemple, ce qu'il pensait de l'importance de la lumière. Jordan était âgé, de santé fragile et il perdait peu à peu la vue. Il distinguait encore les silhouettes mais comme des ombres dans un rêve. Il arrivait encore à se retrouver dans les cloîtres et l'abbaye car il connaissait parfaitement les lieux, si bien que l'obscurité qui l'enveloppait graduellement ne gênait pas sa liberté de mouvement. Mais chaque jour la pénombre se refermait sur lui un peu plus et son amour de la lumière grandissait d'autant. Il avait dû renoncer à toutes ses charges, mais c'est de son propre chef qu'il avait décidé de veiller aux lampes et aux cierges des deux autels pour être toujours entouré de lumière, et d'une lumière sacrée qui plus est. Dès la fin de complies, ce soir-là, il s'occuperait de couper les mèches des lampes et des chandelles afin que les flammes soient bien droites et ne fument pas pour matines, le jour de Noël. Il ne regagnerait sûrement pas son lit avant la fin de matines et de laudes. Quand on est très âgé, on n'a pas besoin de beaucoup dormir et le sommeil est, en quelque sorte, de l'obscurité. Ce que Jordan chérissait par-dessus tout, cependant, c'était la flamme d'où jaillissait la lumière et non sa provenance. Ces magnifiques chandeliers de grand prix ne l'éclaireraient pas plus que de simples bougeoirs en bois.

Cadfael se trouvait au chauffoir avec les autres, environ un quart d'heure avant complies, quand un frère lai venu de l'hôtellerie se présenta et demanda après lui.

— La dame voudrait vous parler. Elle se plaint d'avoir mal à la tête. Elle dit qu'elle n'arrivera jamais à s'endormir. Le frère hospitalier lui a conseillé de s'adresser à vous pour avoir un remède.

Cadfael l'accompagna sans commentaire, mais non sans quelque curiosité, car à vêpres il avait eu le sentiment que lady FitzHamon se portait comme un charme et était d'excellente humeur. Quand elle arriva dans la grande salle, elle avait l'air d'aller très bien mais elle était emmitouflée dans le manteau qu'elle portait pour traverser la cour en sortant de chez l'abbé, et son capuchon tiré dissimulait son visage. La servante la suivait, silencieuse.

— C'est vous, frère Cadfael ? Il paraît que vous vous y connaissez en plantes et en médicaments et que vous pouvez m'aider. Je suis rentrée tôt de chez l'abbé, où j'étais invitée à souper, avec une migraine épouvantable. Aussi ai-je informé mon mari que je me coucherais de bonne heure. Mais je dors si mal... Et avec cette douleur, je n'arriverai jamais à me reposer. Auriez-vous quelque chose à me donner pour me soulager ? Je crois que vous avez tout un assortiment dans votre jardin aux simples. C'est vous qui vous occupez de planter, récolter et sécher vos herbes, et aussi de préparer vos potions. Vous devez bien en avoir une qui calme la douleur et procure un sommeil profond.

On ne pouvait guère lui reprocher de chercher de temps à autre un moyen d'échapper aux brutales attentions de son vieux mari, plus particulièrement lors d'une nuit de fête où il avait probablement bu plus que de raison, songea Cadfael. De plus, il n'était pas censé se mêler des affaires de ses patients ni vérifier s'ils avaient vraiment besoin de ses préparations. Un hôte avait droit à tout ce que l'abbaye avait à offrir.

— J'ai un sirop de ma fabrication qui pourra vous être de quelque utilité. Je vais aller vous en chercher un flacon dans mon atelier.

— Puis-je venir avec vous ? J'aimerais bien visiter votre atelier, murmura-t-elle d'une voix d'enfant curieuse, oubliant de paraître fragile et fatiguée. Je suis déjà habillée et chaussée comme il faut, poursuivit-elle, avec insistance. Nous venons de quitter la table de l'abbé.

— Ne devriez-vous pas éviter de sortir par ce froid, madame ? Même si la neige a été balayée dans la cour, il y en a encore dans les allées du jardin.

— Quelques minutes à l'air frais me feront le plus grand bien. Et ce n'est sûrement pas loin.

Effectivement, ce n'était pas loin. Une fois qu'ils se furent éloignés des lumières bleutées du bâtiment, ils virent les étoiles, étincelles arrachées à un feu glacial dans un ciel noir où flottaient simplement quelques nuages chargés de neige. Dans le jardin, entre les haies couvertes de givre, l'air était presque tiède comme si les arbres endormis créaient une atmosphère tempérée qui les protégeait du vent glacial. Il régnait un profond silence. Le jardin aux simples était muré et la cabane de bois où Cadfael entreposait et préparait ses remèdes était à l'abri du froid mordant. Une fois à l'intérieur, quand la petite lampe fut allumée, lady FitzHamon ne pensa plus à jouer les invalides. Elle s'émerveillait de ce qui l'entourait, regardant autour d'elle de ses grands yeux inquisiteurs. Immobile, soumise, la servante tourna à peine la tête, mais son regard allait de droite à gauche et, avec ses joues rosies, elle semblait un peu plus vivante que d'ordinaire. Ses narines frémissaient sous l'effet de ces arômes doux et subtils et ses lèvres se plissèrent imperceptiblement de plaisir.

Dévorée de curiosité, la dame inventoria le contenu de tous les sacs, jarres et autres boîtes, regarda dans les mortiers et les bouteilles et lui posa plus de cent questions à la fois.

— Alors ces petites aiguilles, c'est du romarin ? Et dans ce grand sac, ce sont des graines ?

Elle y plongea les mains jusqu'au coude et un parfum délicat se répandit dans toute la pièce.

— C'est de la lavande ? En pareille quantité ? Fabriqueriez-vous des parfums pour femme ?

— Elle a d'autres propriétés, expliqua-t-il, remplissant une petite fiole d'un sirop clair de sa composition où il entrait des pavots d'Orient, souvenirs de ses années de croisade. Elle aide à régler les désordres de la tête et de l'esprit et son odeur a un pouvoir apaisant. Je vais vous en donner un oreiller où il y a aussi d'autres herbes. Cela vous aidera à dormir. Mais avec cette potion le résultat est assuré. Vous pouvez prendre tout ce que je vous propose, cela ne vous causera aucun mal, et vous passerez une bonne nuit.

Frivole, elle jouait avec une pile de petits plats

d'argile qu'il conservait sur son établi. C'était des soucoupes toutes simples où il étalait le fruit de ses récoltes pour que les graines puissent sécher. Brusquement, elle examina avec attention le modeste flacon qu'il lui tendait.

— Ce sera suffisant ? J'ai tellement de mal à m'endormir.

— Oui, oui, ne vous inquiétez pas, la rassura-t-il patiemment. Même une personne aussi délicate que vous n'a rien à craindre avec ça.

Elle prit la petite fiole avec un sourire mutin.

— Je vous remercie beaucoup. En échange, je donnerai quelque chose à votre aumônier. Elfguiva, tu prendras l'oreiller. Je le respirerai toute la nuit. Comme ça, je ferai de beaux rêves.

Ainsi, elle s'appelait Elfguiva. C'était un nom nordique.

Elle avait des yeux de femme du Nord, il l'avait déjà remarqué, d'un bleu de glacier et une peau très blanche, fine, pâlie encore par la fatigue. Sans bouger ni prononcer un mot, elle avait observé tout ce qui se passait. Était-elle plus jeune ou plus âgée que sa maîtresse ? Impossible de le savoir. L'une n'arrêtait pas de parler alors que l'autre n'ouvrait pratiquement pas la bouche.

Il éteignit la lampe, ferma la porte et prit congé d'elles juste à temps pour complies. Il était évident que la châtelaine n'avait pas l'intention d'assister à l'office. Quant à son époux, il venait juste de quitter les appartements de l'abbé, soutenu de part et d'autre par ses deux domestiques, bien qu'il ne fût que raisonnablement ivre. Les trois hommes se dirigèrent vers l'hôtellerie à petits pas. L'heure de complies avait manifestement mis un terme à un repas qui s'éternisait, au grand soulagement de l'abbé, qui buvait peu et n'avait pas grand-chose en commun avec FitzHamon. A l'exception, bien entendu, de leur dévotion à l'autel de Notre-Dame.

La dame et sa servante étaient déjà entrées dans le bâtiment des hôtes. Le plus jeune des palefreniers tenait un pichet de belle taille dans sa main libre, apparemment plein, à en juger par la façon dont il le portait. La jeune femme pouvait en toute confiance avaler sa potion et se blottir sur son oreiller odorant ; son mari n'avait pas fini de boire et ne risquait pas de troubler son sommeil. Cadfael se rendit à complies assez tristement et étrangement réconforté.

C'est seulement quand le service fut terminé et que les religieux s'apprêtaient à aller se coucher qu'il se rappela avoir oublié de reboucher son flacon de sirop de pavot. Il ne craignait pas grand-chose par une nuit pareille, mais son sens du devoir le poussa à réparer cet oubli séance tenante.

Comme il était chaussé de sandales enveloppées dans des lainages pour se protéger du froid et ne pas glisser dans les allées verglacées, il arriva sans bruit. Il tendait déjà la main vers le loquet de la porte quand des bruits de voix provenant de l'intérieur l'arrêtèrent net ; un murmure doux, rêveur, évoquant davantage des caresses qu'un discours suivi, même s'il put distinguer quelques bribes de phrases pendant un instant :

— Oui, mais s'il se... lança un homme jeune avec méfiance.

— Ne crains rien, il va dormir jusqu'au matin, répondit une femme dans un petit rire étouffé.

Un bruit de baiser lui coupa soudain la parole et son rire se mua en soupirs ravis. Triomphant, le jeune homme inspira profondément, mais quelques instants après, tempérant son bonheur, la crainte reparut dans son intonation.

— Tu le connais. Tu sais de quoi il est *capable*...

— Nous avons au moins une heure devant nous, souffla-t-elle, rassurante. Après nous partirons... Le froid va pénétrer.

Sur ce point au moins elle avait raison. Le couple ne tiendrait sûrement pas à passer la nuit sur place, contre la cloison de bois, emmitouflé dans un manteau, sur le banc pouvant servir de lit. Frère Cadfael quitta le jardin aux simples sur la pointe des pieds et repartit vers le dortoir, perdu dans ses pensées. Il savait à présent à qui était destinée sa potion. Certainement pas à la dame. L'avait-on vidée dans le pichet que tenait le valet d'écurie ? Il y avait là de quoi assommer un bœuf, même si le mari n'était pas déjà à moitié ivre. Entre-temps, le valet s'était chargé de mettre son seigneur au lit, à bonne distance de la chambre où la dame était censée se remettre de son indisposition et dormir du sommeil du juste. Eh bien, cela ne regardait pas Cadfael. Il n'avait pas du tout l'intention de se mêler de cette affaire et ne comptait pas jouer les gardiens de la morale. Avait-elle seulement épousé Hamo de son plein gré ? Rien n'était moins sûr. Et avec un aussi beau garçon à proximité, comment éviter de comparer les deux hommes ? Ce fugitif contact avec une passion sensuelle réveilla de vieux souvenirs douloureux, même après plusieurs années de vie monastique. Au moins, il savait ce que couvrait son silence. Et qui aurait pu s'empêcher d'éprouver une certaine admiration pour l'opportunisme et l'audace de la jeune femme, pour la façon dont elle était arrivée à ses fins et l'acuité de son coup d'œil pour trouver un abri adéquat où nul ne songerait à la chercher ?

Cadfael alla se coucher, dormit d'un sommeil sans rêves et se leva en entendant la cloche de matines, quelques minutes avant minuit. La procession des religieux descendit l'escalier de nuit et pénétra dans l'église sous la belle lumière douce des cierges devant l'autel de la Vierge Marie.

Se tenant respectueusement à quelques pas en arrière, le vieux frère Jordan, qui aurait dû avoir regagné sa cellule avec les autres depuis longtemps, était agenouillé très droit, une expression extatique sur le visage, ses grands yeux voilés dardés vers cette lumière qu'il aimait tant. Quand le prieur Robert, inquiet de le voir ainsi sur la pierre froide, lui posa la main sur l'épaule, il tressaillit, comme s'il revenait de très loin, et leva sur ses compagnons un regard rayonnant, lumineux.

— Ah, mes frères... Si vous saviez ce que je viens de vivre... Un miracle ! Dieu soit loué pour le don qu'il m'a accordé ! Mais pardonnez-moi, je vous en prie, je n'ai pas le droit d'en parler à quiconque pendant trois jours. Patientez jusque-là, je vous raconterai tout !...

— Regardez, mes frères ! gémit soudain Jérôme, le doigt tendu. Regardez l'autel !

Toutes les personnes présentes, à l'exception de Jordan qui, en toute sérénité, continuait à prier et à sourire, obéirent bouche bée à l'injonction de Jérôme. Les grands cierges, fixés dans leur propre cire, étaient posés sur des soucoupes d'argile semblables à celles qu'utilisait Cadfael pour trier ses graines. Quant aux deux lys d'argent, ils avaient déserté leur place d'honneur.

Malgré le désordre, le soupçon et la consternation que cette disparition avait provoqués, le prieur s'en tint strictement à l'emploi du temps de chaque jour : il n'en fallait pas moins célébrer dignement matines et laudes. Que Hamo Fitz-Hamon dorme donc sur ses deux oreilles jusqu'au matin en attendant d'apprendre la nouvelle. Noël avait plus d'importance que de l'orfèvrerie qui apparaissait ou disparaissait. L'air morose, le prieur veilla à ce que les rites de l'Église soient observés comme il convient avant de renvoyer ses collègues se coucher jusqu'à prime. Qu'ils dorment ou non, c'était leur affaire. Et il ne laissa personne ennuyer Jordan, même s'il essaya en privé d'arracher au vieillard des informations plus constructives sur les récents événements. Manifestement le vol, s'il savait quelque chose à ce sujet, ne troublait nullement ce dernier.

— On m'a enjoint de garder le silence jusqu'au troisième jour à minuit, répondait-il invariablement.

Et quand on lui demandait d'où il tenait cet ordre, il se contentait d'un sourire angélique et ne soufflait mot.

Avant la messe, ce fut Robert lui-même qui informa FitzHamon. Sa réaction, assez violente, fut quelque peu tempérée par les effets du sirop de pavot de Cadfael, qui lui avait retiré une partie de son énergie, mais malheureusement pas toute son agressivité. Son valet de chambre, Sweyn, le plus âgé de ses domestiques, évita soigneusement de l'approcher, même en présence de Robert. Son épouse resta également assise à l'écart, comme si elle était encore indisposée. Elle jeta de hauts cris, le contraire eût été surprenant, apparemment choquée de l'outrage subi par son époux. Elle aussi exigea que le voleur soit recherché et que l'on retrouve les chandeliers. Le prieur Robert ne montrait pas moins de zèle en cette affaire. Aucun effort ne serait épargné pour retrouver cette offrande princière, il s'en portait garant. Il avait d'ailleurs déjà vérifié certains détails qui limiteraient les investigations. Il y avait eu une brève chute de neige après complies, juste suffisante pour recouvrir le sol d'une fine pellicule blanche. Or aucune empreinte de pas n'avait été relevée pour le moment. Il lui avait suffi de suivre les deux sentiers permettant de quitter l'église paroissiale pour être sûr que personne n'était parti par là. Le portier était prêt à jurer n'avoir vu sortir personne, et le seul côté des terres de l'abbaye à n'être pas muré était la Méole prise par la glace, dont le niveau était au plus haut. Mais sur ses deux rives, la neige était vierge. Bien entendu, à l'intérieur de la clôture, les traces de pas étaient nombreuses, mais nul ne s'était enfui de l'abbaye depuis complies et, à ce moment-là, les chandeliers étaient encore à leur place.

— Donc le criminel est encore dans l'abbaye, constata Hamo avec un regard chargé de menace. A la bonne heure ! Cela signifie que son butin est ici également. Même s'il faut tout passer au peigne fin, y compris le dortoir, on le retrouvera ! Et le voleur aussi !

— Nous chercherons partout, acquiesça Robert, et nous interrogerons tout le monde. Nous sommes, tout autant que Votre Seigneurie, scandalisés par ce larcin blasphématoire. Si vous le désirez, vous pourrez superviser personnellement les opérations.

Ainsi, ce jour-là, alors que l'église se réjouissait solennellement, les recherches perturbèrent l'abbaye, n'épargnant âme qui vive. Il ne fut pas difficile aux religieux de rendre compte à la minute près de leur emploi du temps, car il était tellement précis que chaque moine put aisément servir de témoin à un collègue. Quant à ceux qui avaient des attributions particulières et n'étaient donc pas constamment sous le regard de chacun, comme Cadfael lors de ses visites au jardin aux simples, il se trouvait toujours quelqu'un à les avoir vus. Les frères lais avaient plus d'indépendance mais, en général, ils travaillaient au moins en équipes de deux. Les serviteurs et les hôtes, peu nombreux, protestèrent de leur innocence et s'ils n'avaient pas toujours d'alibi vérifiable, contrairement aux autres, Hamo se trouva dans l'incapacité de les convaincre de mensonge. Quand on en vint à ses deux domestiques, il se trouva plusieurs témoins pour affirmer que Sweyn était allé se coucher dans le grenier au-dessus des écuries dès qu'il eut mis son maître au lit, et qu'alors il avait les mains vides. Ce même Sweyn, Cadfael nota ce détail avec intérêt, jura sans broncher que le petit Madoc était rentré avec lui et que s'il s'était couché une heure plus tard, c'était sur l'injonction de Sweyn qui lui avait ordonné de s'occuper de l'un des chevaux de bât, lequel présentait des symptômes de rhume. Sinon ils ne s'étaient pas quittés un seul instant.

Cadfael se demanda s'il fallait voir là un mouvement de solidarité entre domestiques. A moins que Sweyn, sachant très bien où était le jeune homme la nuit dernière, désirât le soustraire à la vengeance de Hamo. Il ne fallait pas s'étonner si Madoc avait l'air plus pâle et morose que d'ordinaire, mais dans l'ensemble il faisait plutôt bonne figure, évitant même de regarder vers la châtelaine qui lui parla d'un ton froid, distant.

Après le dîner, Cadfael, laissant les limiers poursuivre leur tâche, alla seul à l'église. Pendant qu'on cherchait dans tous les coins les chandeliers disparus, il s'était abstenu de se joindre à la meute. Mais maintenant que les autres étaient loin, il trouverait peut-être quelque chose d'intéressant. Il n'essaierait bien sûr pas de dénicher des objets aussi volumineux que deux grands bougeoirs d'argent. S'inclinant devant l'autel, il en gravit les marches pour examiner attentivement les cierges. Nul n'avait prêté le moindre intérêt aux récipients modestes qu'on avait substitués à l'offrande de Hamo et c'était préférable, étant donné les circonstances, car on aurait pu s'apercevoir que les soucoupes d'argile provenaient de l'atelier de Cadfael et, de ce fait, s'y intéresser de trop près. Il les moulait et les cuisait lui-même selon ses besoins. Il n'entrait certes pas dans ses intentions de couvrir un vol, mais il ne se réjouissait pas non plus à l'idée de voir quiconque, fût-ce un pécheur invétéré, tomber entre les mains de FitzHamon.

Quelque chose de long et fin, tel un fil d'argent doré, était resté coincé dans la cire, à la base de l'un des deux cierges. Il décolla précautionneusement la chandelle de son support et en détacha un grand cheveu pâle. Pour être sûr de ne pas le perdre, il brisa le disque de cire qui l'emprisonnait avant de soulever et de tourner la bougie pour voir s'il restait autre chose à découvrir. Il aperçut un objet minuscule, ovale et, du bout de l'ongle, ramena une graine de lavande. Était-elle dans la soucoupe depuis longtemps ? Il ne le croyait pas. Les pots empilés étaient tous vides. Non, ce petit grain était tombé d'une manche quand le cierge avait été déplacé.

La dame avait plongé avec ravissement les deux bras dans le sac de lavande quand elle avait visité l'atelier. Elle n'aurait pas eu de mal à subtiliser discrètement deux soucoupes et à les cacher dans son grand manteau. Ou mieux encore, elle en aurait chargé le petit Madoc au moment où ils s'étaient séparés. Supposons qu'en désespoir de cause ils aient décidé de fuir ensemble. Il leur fallait des fonds pour trouver un refuge sûr... Oui, c'était une possibilité. Mais, en même temps, le grain de lavande avait suggéré une autre hypothèse à Cadfael. Et puis il ne fallait pas oublier ce long cheveu fin, pâle comme du lin, mais plus lumineux. Le garçon était blond, mais l'était-il à ce point ?

Il traversa le jardin aux simples, se rendit à son herbarium et s'enferma au calme dans son atelier. Il ouvrit le sac de lavande, y plongea lui aussi les bras jusqu'au coude et fouilla parmi les graines douces, froides, odorantes qui lui glissaient entre les doigts. Ils étaient là, tout au fond. Il sentit sous sa main la forme du premier, puis du second. Il s'assit pour réfléchir à un plan d'action.

Il avait retrouvé les objets précieux dérobés par le voleur, mais pas ce dernier. Rien ne l'empêchait d'aller les rapporter sur-le-champ, mais FitzHamon tiendrait certainement à poursuivre les recherches tant que le coupable n'aurait pas été démasqué. Et Cadfael pensait le connaître assez bien pour être certain que le châtelain ne serait pas satisfait avant de l'avoir envoyé à la potence. Or, lui, avait besoin d'y voir plus clair avant de décider s'il fallait en arriver là. En attendant, il valait certainement mieux ne pas laisser les chandeliers là où ils étaient. Il ne croyait pas qu'on mettrait la cabane sens dessus dessous, mais cette possibilité n'était pas à exclure. Il les enroula dans un bout de toile de sac et les enfouit au beau milieu de la haie couverte de givre, à l'endroit le plus épais. Il y plongea le bras jusqu'à l'épaule et quand il le retira, les branches se remirent naturellement en place, dissimulant complètement le paquet. Celui qui avait caché son butin dans la lavande viendrait sûrement le récupérer de nuit et, là, il verrait à qui il avait affaire.

LE PRIX DE LA LUMIÈRE

Il se félicita d'avoir déplacé les chandeliers car la meute conduite par Hamo, dont la colère ne cessait de croître, arriva à l'atelier avant vêpres pour fouiller partout, sous le regard de Cadfael, qui ne tenait pas à ce qu'on endommage ses préparations. La petite troupe s'en alla, convaincue que ce qu'elle cherchait était ailleurs. En réalité, ils ne s'étaient pas beaucoup intéressés au sac de lavande et les bougeoirs leur auraient peut-être échappé, même si Cadfael n'y avait pas touché. Fort heureusement, personne ne songea à examiner la haie de plus près. Quand ils partirent pour les écuries, qui regorgeaient de grain et de fourrage, il remit les lys d'argent où il les avait découverts. Mieux valait laisser l'appât sur le piège jusqu'à ce que la proie se présente. A présent, elle ne devait plus craindre que les recherches aboutissent.

Cadfael monta la garde cette nuit-là. Il n'eut aucune difficulté à quitter le dortoir, une fois que tout le monde fut couché et endormi. Sa cellule était tout près de l'escalier de matines, et le prieur, qui avait le sommeil lourd, dormait à l'autre extrémité de la longue pièce. Si l'air de la nuit était glacial, la cabane, abritée par la muraille, était à peine plus froide que sa cellule, et il y gardait des couvertures pour protéger certaines de ses jarres et de ses bouteilles contre le gel. Il prit la petite boîte contenant le silex et l'amadou et se cacha dans un coin, derrière la porte. Peut-être perdrait-il son temps. Qui sait si le voleur, ayant passé le cap de la première journée, ne jugerait pas plus à propos d'en laisser s'écouler une autre avant de revenir prendre son butin ?

Mais non ! Ce ne fut pas peine perdue. Il estima qu'il était environ dix heures quand il entendit un bruit derrière la porte. Il restait deux heures avant matines et il y avait presque deux heures que toute la maisonnée s'était retirée. Même à l'hôtellerie, tout devait être silencieux et plongé dans le sommeil. Le moment était bien choisi. Cadfael retint son souffle et attendit. La porte s'ouvrit, une ombre passa devant lui, des pas légers se dirigèrent droit vers le sac de lavande, appuyé contre le mur. Tout aussi silencieusement, Cadfael repoussa le vantail et s'y adossa. C'est alors seulement qu'il battit le briquet et enflamma la mèche de la petite lampe.

Elle ne sursauta pas, ne cria pas, pas plus qu'elle ne tenta de l'écarter et de s'enfuir dans la nuit. La tentative eût été vouée à l'échec et elle s'était habituée depuis longtemps à subir son sort. Elle resta à le dévisager tandis que la flammèche s'enhardissait et se redressait. Son visage était caché par le capuchon de son manteau et elle serrait les chandeliers contre sa poitrine.

— Elfguiva ! murmura frère Cadfael, qui reprit au bout d'un moment : Vous êtes ici pour vous ou pour votre maîtresse ?

Mais il connaissait déjà la réponse. Lady Fitz-

Hamon ne renoncerait jamais à sa vie dorée, à son riche époux, aussi ennuyeux et désagréable que puisse être Hamo à ses heures, pour parcourir les routes à l'aventure avec un amant sans le sou. Elle ne le garderait que pour profiter en secret de ce qu'il pouvait lui apporter, quand elle pensait ne courir aucun risque. Quand le vieillard mourrait, elle épouserait un être tout aussi antipathique, pour complaire à son suzerain. Elle n'était pas de l'étoffe dont on fabrique les héroïnes et les aventurières. C'était une autre sorte de femme.

Cadfael s'approcha et leva gentiment la main pour rejeter la coule sur les épaules d'Elfguiva. Elle était grande, le dépassait de quatre doigts et se tenait aussi droite que les lys qu'elle étreignait. La résille qui lui couvrait les cheveux avait glissé avec le capuchon et sa chevelure d'un blond argenté se répandit comme un fleuve dans la lumière bleutée, encadrant un visage pâle aux yeux d'un bleu étincelant. Il n'y avait pas à se tromper sur des cheveux pareils ! Les Danois avaient laissé leur empreinte jusque dans le Cheshire et cette grande fille-fleur était l'une de leurs descendantes. Elle n'avait plus l'air ordinaire, fatigué, ni résigné. Dans cette lumière douce, mais chaude, son austère beauté éclatait. C'est ainsi qu'elle avait dû apparaître au regard voilé de frère Jordan.

— Maintenant je comprends ! s'écria Cadfael. Vous êtes entrée dans la chapelle de Notre-Dame, aussi resplendissante pour notre frère à demi aveugle, que vous l'êtes ici. C'était vous la visitation qui lui a apporté ce bonheur, et vous lui avez enjoint de garder le silence pendant trois jours.

Il ne l'avait pratiquement pas entendue prononcer un mot jusqu'à cet instant.

— Je n'ai pas prétendu être ce que je ne suis pas. C'est lui qui m'a prise pour une autre. Je n'ai pas refusé ce cadeau du Ciel, répondit-elle d'une belle voix basse, mélodieuse.

— Je vois. Vous croyiez qu'il n'y avait personne là-bas. Vous avez dû être aussi surpris l'un que l'autre. Il a cru que vous étiez la Vierge Marie, disposant comme elle le jugeait bon de ce qui lui avait été donné. Et vous lui avez demandé de vous promettre trois jours de silence.

La châtelaine avait bien plongé les bras dans le sac, mais c'était Elfguiva qui avait porté l'oreiller dont un grain ou deux avaient traversé l'enveloppe de mousseline, la trahissant du même coup.

— Oui, admit-elle, le fixant de ses yeux bleus qui ne cillaient pas.

— Donc, en définitive, cela ne vous dérangeait pas qu'il raconte comment les chandeliers avaient été volés.

Il ne l'accusait pas, mais poursuivait son raisonnement afin de comprendre le déroulement des événements.

— Pour commencer, je ne les ai pas volés, affirma-t-elle sans ambages. Je les ai pris pour les rendre... à leur propriétaire légitime.

— Vous ne prétendez donc pas qu'ils vous appartiennent ?

— Non, ils ne sont pas à moi, mais ils ne sont pas à FitzHamon non plus.

— Attendez, essaieriez-vous de m'expliquer qu'il n'y a pas eu vol ?

— Oh si ! s'exclama Elfguiva, le visage empourpré et la voix vibrante comme une harpe. Si, il y a eu vol, un vol méprisable, cruel, mais pas ici, pas maintenant. C'était il y a un an. FitzHamon a reçu ces chandeliers d'Alard, qui les a fabriqués. C'était un serf, comme moi. Savez-vous quel prix il avait promis en échange ? L'affranchissement pour Alard, et le droit de m'épouser, ce que nous le suppliions de nous accorder depuis trois ans. Même dans notre situation, on se serait mariés et on lui en aurait été reconnaissants. Mais il avait promis la liberté ! Un homme libre libère automatiquement sa femme, et sur ce point aussi on avait sa promesse. Mais quand il a eu ce qu'il voulait, il a refusé de payer le prix convenu. Il a ri. Je l'ai vu et entendu ! Il a renvoyé Alard comme un chien. Comme on ne voulait pas le régler, Alard s'est affranchi lui-même. Il s'est enfui ! Le jour de la Saint-Étienne.

— Et il vous a laissée derrière lui ? questionna Cadfael compatissant.

— Quelle chance aurait-il eue de m'obtenir ? Ou même de prendre congé de moi ? FitzHamon l'avait envoyé travailler comme ouvrier sur son autre domaine. Quand l'occasion s'est présentée, il a sauté dessus et il s'est enfui. Cela ne m'a pas rendue triste. Bien au contraire ! Que je vive ou que je meure, qu'il se souvienne de moi ou qu'il m'oublie, il est libre ! Et d'ici deux jours, il le sera légalement. Pendant un an et un jour il aura exercé son métier et gagné sa vie dans une ville libre et après cela, même si on le retrouve, on ne pourra pas le ramener à la servitude.

— Je ne pense pas qu'il vous ait oubliée ! avança frère Cadfael. A présent je comprends pourquoi frère Jordan aura le droit de parler au bout de trois jours. Il sera alors trop tard pour reprendre un serf en rupture de ban. Et d'après ce que vous m'avez confié, les œuvres d'art que vous serrez contre vous appartiennent de droit à celui qui les a fabriquées.

— D'autant plus qu'elles ne lui ont jamais été payées. Elles sont donc toujours à lui.

— Et vous comptez partir cette nuit pour les lui rapporter ? Oui, bien sûr ! Si mes renseignements sont exacts, on a cru bon d'aller le traquer jusqu'à Londres... Mais à Londres, on n'a rien retrouvé. Avez-vous eu des nouvelles plus sûres, vous ? Des nouvelles de lui ?

— Ni lui ni moi ne savons lire ni écrire. En quel messager pourrait-on avoir totalement confiance avant que le délai ne soit écoulé ? Non, je n'ai pas eu de nouvelles.

— Mais Shrewsbury est aussi une ville libre où

un serf peut gagner sa liberté après y avoir travaillé pendant un an et un jour. Or les cités libres, où il y a des gens raisonnables, encouragent la venue de bons artisans. Et elles prennent des mesures pour les cacher et les protéger. La piste de Londres était un leurre. D'ailleurs, pourquoi aller si loin quand on peut trouver de l'aide à deux pas ? Maintenant, mon enfant, supposons qu'il ne soit pas à Shrewsbury ?

— En ce cas, j'irai ailleurs. Moi aussi, je peux m'enfuir et me débrouiller pour vivre. Je m'en sortirai en attendant de savoir où il est. Shrewsbury accueillera aussi volontiers une bonne couturière qu'un homme adroit de ses mains. De plus, un artisan en orfèvrerie saura où trouver un collègue talentueux comme Alard. Je réussirai !

— Bon, mais avez-vous pensé à ce qui pourra arriver après ?

— J'ai tout envisagé, répondit Elfguiva d'un ton ferme. S'il ne veut plus de moi quand nous nous reverrons, s'il est marié et m'a chassée de son souvenir, je lui rendrai ce qui est à lui. Il en disposera à sa guise. Quant à moi, je suivrai mon propre chemin et je vivrai comme je peux, sans lui. Aussi longtemps que je vivrai, je lui souhaiterai d'être heureux.

Oh ! rien à craindre, il ne l'aurait pas oubliée de sitôt ni en un an ni en plusieurs années.

— Et s'il est heureux de vous voir et vous aime toujours ?

— En ce cas, répliqua-t-elle avec un sourire grave, si nous sommes toujours d'accord, lui et moi... j'ai adressé une prière à la Sainte Vierge, qui m'a prêté son apparence aux yeux du vieux moine. On vendra ces chandeliers, là où on en tirera le meilleur prix, et on donnera cette somme à votre aumônier pour nourrir les pauvres. Ce sera notre don, à Alard et moi, même si personne n'en saura jamais rien.

— Notre-Dame le saura, objecta Cadfael, et moi aussi. Maintenant, comment comptez-vous sortir de la clôture et entrer dans Shrewsbury ? Nos portes et celles de la ville sont fermées jusqu'au matin.

Elle haussa éloquemment les épaules.

— Celles de la paroisse ne sont pas verrouillées. Et quand bien même je laisserais des traces, quelle importance, si je trouve un abri sûr en ville ?

— Vous allez attendre dans ce froid ? Vous serez morte avant le matin. Laissez-moi réfléchir. On doit pouvoir trouver une meilleure solution.

« On », articula-t-elle silencieusement, tout étonnée. Mais elle ne tarda pas à comprendre. Elle ne l'interrogea pas plus sur sa décision que lui sur la sienne. Quant à Cadfael, il sut qu'il se souviendrait longtemps de ce sourire lent, profondément sincère et de ces couleurs qui montaient à ses joues.

— Alors, vous me croyez ?

— Sans aucune réserve ! Donnez-moi les chandeliers afin que je les enveloppe et remettez donc votre résille et votre capuchon. Il n'a pas neigé depuis ce matin, le chemin qui mène à la porte de la paroisse est couvert de traces, personne ne sera en mesure de reconnaître les vôtres. Quand vous aurez passé le pont, petite, et que vous serez du côté de la ville, il y a une maisonnette à gauche sous le rempart, tout près de la porte. Frappez-y et demandez qu'on vous loge pour la nuit en attendant de pouvoir entrer dans la ville. Dites que vous venez de la part de frère Cadfael. Ils me connaissent. J'ai soigné leur fils quand il était malade. Ils vous donneront un coin bien chauffé et un endroit où dormir. Ce sont de braves gens. Ils ne vous poseront pas de questions et ne répondront pas si on leur en pose. Je pense également qu'ils sauront vous adresser aux orfèvres de la ville, pour vous mettre sur la voie.

Elle attacha ses cheveux d'or pâle, se couvrit la tête et s'emmitoufla dans son manteau, reprenant ainsi l'apparence d'une servante banale. Elle lui obéit scrupuleusement, sans souffler mot, et le suivit silencieusement quand ils franchirent à couvert la grande cour, s'arrêtant quand il s'arrêtait. Il la conduisit ainsi jusqu'à l'église paroissiale et à la rue. Il restait encore une bonne heure avant matines. Au dernier moment, elle se tourna vers lui dans l'entrebâillement de la porte.

— Je vous serai toujours reconnaissante de

votre geste. Je vous promets de vous donner de mes nouvelles.

— Ne vous donnez pas cette peine, répondit-il, du moment que vous m'envoyez le signe que j'attends. Allez, partez vite pendant qu'il n'y a personne en vue.

Elle s'éloigna, telle une ombre légère, sans bruit, franchit la porte de l'abbaye et se dirigea vers le pont et la ville. Cadfael referma doucement le battant et par l'escalier de nuit regagna le dortoir, trop tard pour dormir, mais à l'heure pour se lever en entendant la cloche et redescendre avec ses compagnons pour célébrer l'office.

Il fallait s'attendre à une réaction violente le lendemain et il ne pouvait pas se permettre d'y échapper. Il y avait trop de choses en jeu. Bien entendu, lady FitzHamon comptait sur la présence de sa servante dès qu'elle ouvrait les yeux, et elle poussa un cri de surprise en constatant son absence pour l'habiller et la coiffer. On appela Elfguiva. En vain. On la chercha, mais il fallut une heure à la châtelaine pour comprendre qu'elle avait perdu pour de bon sa parfaite suivante. Furieuse, elle se lava seule et alla se plaindre auprès de son mari en termes dépourvus d'ambiguïté. Il s'était levé avant elle et l'attendait pour assister au service. Quand elle lui déclara qu'Elfguiva avait disparu, il commença par tourner la colère de son épouse en dérision. Pourquoi une fille saine d'esprit sortirait-elle par un froid pareil au risque d'attraper la mort alors qu'elle avait un endroit chaud où s'abriter et de quoi manger là où elle était ? Puis il fit le rapprochement — c'était inévitable — et poussa un hurlement de rage.

— Quoi ? Elle est partie ? Ma tête à couper qu'elle a emporté mes chandeliers ! Alors c'était elle ! La sale petite voleuse ! Oh ! mais je l'aurai, je m'en vais la ramener... Elle n'aura pas le temps de profiter de son bien mal acquis...

Très certainement la dame allait le soutenir dans ses assertions. Elle ouvrait déjà la bouche pour faire écho à ses cris quand Cadfael frôla sa manche, pendant que les religieux tout agités entouraient le couple, et s'arrangea pour laisser tomber quelques grains de lavande sur son poignet. Elle resserra instantanément les lèvres, fixa les graines un bref instant avant de s'en débarrasser et jeta à Cadfael un coup d'œil encore plus bref. Ce dernier suivit son regard et lui murmura rapidement :

— Doucement, madame ! L'innocence de la servante prouve nécessairement celle de la maîtresse.

Elle n'était pas stupide. Un second coup d'œil lui confirma ce qu'elle avait déjà compris : il y avait là un homme qui disposait contre elle d'une arme aussi terrible que celle qu'elle avait contre Elfguiva. C'était une femme de tête et, une fois sa décision prise, elle ne perdit pas de temps à se désoler. Elle s'adressa à son époux d'une voix presque aussi cassante que quand elle s'était plainte à lui de la désertion d'Elfguiva.

— Mais vous racontez n'importe quoi ! C'est complètement idiot et vous devriez le savoir. Cette fille est une ingrate de m'avoir quittée ainsi mais elle n'a jamais rien volé, ce n'est pas maintenant qu'elle va commencer ! Elle n'a pas pu prendre ces bougeoirs. Vous savez très bien quand ils ont disparu. Vous savez aussi que j'étais indisposée cette nuit-là et que je me suis couchée de bonne heure. Elle était encore avec moi longtemps après que le père prieur a découvert le vol. Je lui ai demandé de rester avec moi en attendant que vous veniez me rejoindre. *Et vous n'êtes pas venu*, conclut-elle sèchement. Vous vous en souvenez peut-être !

Hamo, qui n'avait que des souvenirs très confus de la nuit en question, n'était pas en mesure de contredire les déclarations peu nuancées de son épouse. Il passa sur elle un peu de sa mauvaise humeur, mais elle ne le craignait pas assez pour ne pas oser lui répondre sur le même ton. Si elle était sûre de ce qu'elle avançait ? Évidemment. Elle n'avait pas bu à s'en rendre malade, *elle*, à la table du seigneur abbé. Elle soignait une migraine due à des causes bien différentes, et ne s'était pas endormie avant minuit en dépit des remèdes de frère Cadfael. Elfguiva était toujours à son chevet. Qu'il recherche sa servante, bien sûr, c'était une sans-cœur, mais il n'avait pas le droit de la traiter de voleuse.

Il envoya ses hommes à sa poursuite, mais avec moins d'énergie, car il semblait clair maintenant qu'en la retrouvant il ne récupérerait pas son bien. Il dépêcha ses valets et la moitié des serviteurs laïcs dans les deux directions possibles, avec mission de s'informer si personne n'avait vu une femme solitaire, manifestement pressée. Ils y passèrent la journée, mais revinrent sans avoir rien obtenu.

Le petit groupe venu de Lidyate, amputé d'un de ses membres, reprit la route du retour le lendemain. Très digne, lady FitzHamon montait en croupe derrière le petit Madoc, appuyant sa joue aux larges épaules du jeune homme. Elle adressa à Cadfael un bref coup d'œil complice quand les cavaliers franchirent les portes et détacha une de ses mains de la taille de Madoc pour lui adresser un signe quand ils arrivèrent sur la grand-route. Hamo était donc déjà parti quand frère Jordan, libéré de son serment, raconta comment la Sainte Vierge lui était apparue dans une lumière éclatante, belle comme un ange, et avait pris les chandeliers lui appartenant pour s'en servir à sa guise. Elle lui avait parlé et ordonné de garder le silence pendant trois jours. Et si certains de ses auditeurs se demandèrent si cette magnifique créature n'était pas un être de chair et de sang, personne n'eut le cœur de le suggérer à Jordan que cette vision réconfortait et consolait de sa cécité croissante.

L'événement se produisit à matines, à minuit, le

jour de la Saint-Étienne. Parmi les aumônes destinées aux miséreux qu'on retrouva le lendemain au portail, il y avait un petit panier d'un poids surprenant. Le portier ne pouvait pas se rappeler celui ou celle qui l'avait déposé. Il avait cru qu'il s'agissait, comme tout le reste, de nourriture et de vieux vêtements. Mais quand on l'ouvrit, frère Oswald, que la joie et la stupéfaction rendaient incapable d'un discours cohérent, courut rapporter à l'abbé Héribert ce qu'il considérait comme un miracle. Le panier était en effet plein de pièces d'or. Il y en avait pour plus de cent marcs. Bien utilisés, ils soulageraient les besoins les plus pressants des plus démunis, en attendant que le temps s'améliore.

— Sainte Marie nous a donné son sentiment, sans aucun doute, s'écria dévotement frère Oswald. N'est-ce pas là le signe que nous attendions ?

C'était en tout cas vrai pour Cadfael, et plus tôt qu'il n'aurait osé l'espérer. Le message qu'il avait reçu se suffisait à lui-même. Elle avait retrouvé son ami, qui l'avait accueillie dans la joie. Depuis minuit, Alard le serf était libre et un homme libre libère automatiquement son épouse. Avec une femme comme Elfguiva, il pouvait se permettre de se montrer généreux, car l'or, en comparaison, était de peu de prix.

Témoin oculaire

Ce fut certainement très indélicat de la part de frère Ambroise d'attraper une forte angine à quelques jours de la collecte annuelle des loyers, alors que les comptes n'avaient pas encore été reportés sur les livres et qu'il restait de nouvelles rubriques à ouvrir. Personne ne connaissait les documents de l'abbaye aussi bien que frère Ambroise. Pendant quatre ans, il avait été secrétaire de frère Matthieu — le cellérier — et durant cette période une foule de donations avait afflué à l'abbaye : un moulin sur la Tern, une pêcherie en amont, des pâturages, des essarts, des maisons en ville, avec dépendances et terres attenantes, des terres arables à la campagne, sans oublier une église ou deux. Nul ne savait comme frère Ambroise dénicher un locataire indélicat ou un tenancier qui avait toujours plusieurs bonnes histoires justifiant son incapacité à payer. La veille du jour de l'encaissement, frère Ambroise avait dû s'aliter. Sa voix évoquait celle d'un corbeau cacochyme et, dans les circonstances présentes, on pouvait autant compter sur lui que sur le volatile susmentionné.

Peu s'en fallut que l'intendant principal de frère Matthieu, qui s'était toujours personnellement occupé des collectes à Shrewsbury et dans les faubourgs alentours, ne prît cette indisposition passagère pour une injure personnelle. Il avait été obligé de s'assurer le concours d'un jeune clerc laïc, entré au service du monastère quatre mois auparavant. Oh ! il n'avait pas à se plaindre du travail du jeune homme ! C'était un copiste industrieux et capable, à l'esprit vif, intéressé par sa tâche, qui comprenait vite et considérait d'un œil rond, plein de respect, le rouleau de documents inventoriant les loyers ainsi que la valeur qu'ils représentaient.

Mais maître William Rede avait été contrarié, et il s'attacha à ce que nul n'en ignore. C'était un homme d'une cinquantaine d'années, d'humeur chagrine et contrariante au point que si on lui disait blanc, il répondait invariablement noir, preuves à l'appui. Il alla rendre visite à son vieil ami et assistant à l'infirmerie, la veille de l'encaissement, mais on pouvait se demander s'il entendait le réconforter par sa présence ou l'accabler de reproches. Toujours aphone, frère Ambroise essaya de parler, mais ne réussit qu'à produire une toux d'asthmatique. Frère Cadfael, qui frottait la gorge de son patient avec de la graisse d'oie, avant de lui donner du sirop d'orpin, posa sa main sur la bouche du malade et lui ordonna de se taire.

— Écoutez, William, suggéra-t-il avec bienveillance, si vous ne pouvez pas l'aider, au moins ne l'ennuyez pas. Le malheureux, il se sent déjà bien assez coupable comme ça envers vous, et puis tous ces détails, vous les connaissez sur le bout du doigt, n'est-ce pas ? Expliquez-le-lui et débrouillez-vous pour lui sourire, ou allez-vous-en.

Et là-dessus, il enveloppa le cou brillant de lotion d'une bonne longueur de flanelle galloise et tendit la main vers la cuillère près du flacon de sirop. Frère Ambroise ouvrit la bouche avec la résignation chaleureuse d'un oiseau attendant la becquée, et il avala la dose prescrite avec une expression de plaisir légèrement teinté d'étonnement.

Mais William n'allait pas se laisser priver aussi facilement du plaisir d'exposer ses malheurs.

— Oh ! ce n'est pas votre faute, admit-il à contrecœur, mais vraiment je joue de malchance. Comme si je n'avais pas assez d'occupations avec cette liste de loyers qui s'allonge à n'en plus finir, voilà maintenant que j'ai un interminable travail de copiste. Et par-dessus le marché, j'ai des problèmes chez moi avec mon gredin de fils qui n'est qu'un trouble-fête et un pilier de tripot. Je le lui ai dit et répété à je ne sais combien de reprises : la prochaine fois qu'il viendra me voir pour que je paie ses dettes ou que mon bel argent lui évite des ennuis, il aura une belle surprise. Il ira moisir en prison, parfaitement, et ça lui servira de leçon. Un homme a quand même le droit de trouver réconfort et tranquillité auprès de ses enfants, il me semble.

Une fois lancé sur ce terrain, il était intarissable, et frère Ambroise avait déjà l'air de se confondre en excuses comme si c'était lui et non William qui avait engendré ce fils indigne. Cadfael ne se souvenait pas d'avoir jamais parlé avec le petit Rede. Il avait simplement échangé avec lui quelques politesses. Il connaissait assez bien les rapports entre pères et fils, et ce qu'ils attendaient les uns des autres, pour ne pas prendre ces doléances pour vérité d'Évangile. D'après la rumeur, le jeune homme n'était pas facile, mais à vingt-deux ans, c'était le cas de beaucoup de fils de famille de la ville. A trente ans, la plupart d'entre eux travaillaient dur et veillaient sur leurs biens, leur maison et leur épouse.

— Votre garçon s'assagira, il ne sera pas le premier, répondit Cadfael afin de calmer le visiteur volubile et de l'inciter à retrouver le soleil de la grande cour.

Devant eux, à gauche, se dressait la haute tour ouest de l'église, à droite le long bâtiment de l'hôtellerie et plus loin la cime des arbres avec leurs feuilles et leurs bourgeons exubérants. Une lumière humide, perlée, lustrait pierres et pavés, jetant une patine de douceur printanière sur toute l'abbaye.

— Quant aux loyers, vieil empoisonneur, vous

savez parfaitement que vous connaissez les livres comme votre main, et qu'ainsi le problème de demain se réglera sans histoire. De toute manière, vous n'avez pas à vous plaindre des capacités de votre apprenti. Il a travaillé dur à vos registres, n'est-ce pas ?

— Il est vrai que Jacob a montré de l'application, reconnut prudemment l'intendant. J'admets avoir été surpris de la rapidité avec laquelle il a assimilé les affaires de l'abbaye. Les jeunes d'aujourd'hui s'intéressent si peu au métier qu'ils ont choisi. La plupart d'entre eux ne pensent qu'à s'amuser et n'ont rien dans la tête. C'est encourageant d'en voir un travailler aussi sérieusement. J'ajouterai qu'à l'heure actuelle il sait ce que nous doit chacune de nos maisons. Oui, c'est un brave garçon, mais trop candide, Cadfael. C'est son point faible. Avec des chiffres et des lettres sur un parchemin, il ne craint personne. Mais il se laisserait peut-être duper par une canaille à la langue bien pendue. Il ne sait pas tenir les gens à distance ni se montrer froid à bon escient. Ce n'est pas bien d'être trop franc avec tout le monde.

C'était le milieu de l'après-midi ; d'ici une heure environ, ce serait le moment d'aller à vêpres. Il y avait toujours une certaine animation dans la grande cour, mais c'était la période la plus calme. Ils la traversèrent ensemble, tout à loisir : Cadfael pour retourner à son atelier du jardin aux simples, l'intendant pour rejoindre l'aile nord du cloître où son assistant travaillait au scriptorium. Avant qu'ils n'eussent atteint l'endroit où leurs chemins se séparaient, deux jeunes gens sortirent du cloître en bavardant tranquillement et se dirigèrent vers eux.

Jacob de Bouldon était jeune, trapu, robuste et venait du sud du comté. Il avait un visage rond, aimable, de grands yeux candides et le sourire facile. Avec à la main une feuille de vélin pliée en deux et son crayon derrière l'oreille, il avait tout du secrétaire modèle, aussi sérieux que compétent. Un peu trop disposé à écouter tout le monde, peut-être. Sur ce point, son maître avait raison. Le grand garçon dégingandé à la tête étroite, qui l'accompagnait, l'écoutait attentivement. Il avait une allure bien différente avec ses traits burinés, ses yeux vifs, son grand chapeau à bord tombant, ses vêtements de travail sombres et son pourpoint de cuir râpé à l'épaule gauche par le frottement des lourds paquets qu'il transportait habituellement. C'était un mercier ambulant que ses affaires avaient amené à Shrewsbury pour quelques jours, et qui logeait dans la partie de l'hôtellerie abbatiale réservée aux gens du commun. Les hommes de son espèce étaient toujours à courir les routes d'un bout à l'autre du comté.

Le colporteur salua maître William avec un respect obséquieux, lui souhaitant le bonjour, et se rendit à son logement. Peut-être voulait-il y passer la soirée à moins qu'il ne soit venu vérifier ses stocks après avoir réalisé de bons profits. C'était un commerçant avisé, ayant toujours — quand il disposait d'un entrepôt sûr à portée — quelques marchandises en réserve au lieu de tout transporter avec lui à chaque voyage.

Maître William, qui ne semblait guère l'apprécier, le suivit du regard.

— Qu'est-ce que cet énergumène te voulait, mon garçon ? demanda-t-il, soupçonneux. Il est beaucoup trop curieux avec son nez de fouine. Je l'ai vu aborder, seul à seul, tous les gens de la maison qu'il croise. Qu'est-ce qu'il cherchait au scriptorium ?

— Oh ! je suis sûr qu'il est honnête, monsieur, répliqua Jacob en écarquillant ses grands yeux. Mais c'est vrai qu'il aime fouiller partout, et il en pose des questions...

— Alors, ne lui réponds pas, rétorqua l'intendant.

— Je ne lui tiens que des propos d'ordre général, qui ne lui apprennent rien. Je pense seulement qu'il est d'un naturel curieux. Il n'y a pas de mal à cela. Il cherche à se mettre bien avec tout le monde. C'est le métier qui veut ça. Un colporteur malgracieux ne vendrait pas beaucoup de rubans et de dentelles, s'écria gaiement le jeune homme avant de brandir sa feuille de vélin. Je venais vous demander des précisions sur ce lopin de terre à Recondine. Il y a une rature sur le registre, je cherchais l'original pour comparer. Vous vous souvenez certainement de ce bout de terrain, monsieur. Il y a eu litige : l'héritier a tenté de le récupérer...

— Oui, je m'en souviens. Viens, je vais te le montrer. Mais tout en restant courtois, ne t'approche pas de ces marchands itinérants, l'adjura maître William très sérieusement. Il y a certes des honnêtes gens sur les routes, mais aussi des vauriens. Va devant. Je te suis.

Il regarda s'éloigner la silhouette juvénile, qui repartait vers le scriptorium.

— Je vous le répète, Cadfael, il a trop confiance en tout le monde. Ce n'est pas raisonnable de ne jamais voir que ce qu'il y a de meilleur chez l'homme. Malgré tout, ajouta-t-il, revenant à ses soucis personnels, je voudrais bien que mon garnement de fils lui ressemble. Pensez donc, il a déjà des dettes. De jeu, je suppose. Et en plus, il a fallu qu'il se fasse prendre par les sergents dans une bagarre de rue, avec une amende à la clé qu'il n'a pas de quoi régler. Pour éviter que mon nom ne tombe dans l'opprobre, je vais bien sûr payer pour le sortir de là. Je verrai ça demain. Il faudra que je trouve une solution, quelle qu'elle soit, quand j'aurai fini ma tournée en ville, car il ne lui reste que trois jours pour s'acquitter de sa dette. Ah, s'il n'y avait pas sa mère... Mais malgré ça, oui malgré ça, il mériterait bien cette fois que je le laisse se débrouiller.

Il s'en alla rejoindre son clerc, hochant la tête

avec amertume en songeant à ses ennuis. Quant à Cadfael, il partit voir quelle idée de génie ou quelle absurdité avait pu passer par la tête de frère Oswin aux jardins aux simples.

Le lendemain matin, quand les religieux sortirent après l'office, Cadfael vit l'intendant prêt à commencer sa tournée, son grand sac bien accroché à sa ceinture à l'aide de deux solides lacets. L'après-midi, ce sac pèserait bon poids avec l'argent collecté en ville et dans les faubourgs nord, à l'extérieur des remparts. Jacob était là pour assister à son départ. Il écouta avec attention les dernières instructions que son maître lui répétait avec emphase et soupira en constatant qu'on le laissait derrière à terminer les travaux d'écriture. Garin Piedléger, le colporteur, s'était également levé tôt afin de proposer ses marchandises aux ménagères de la cité ou de la paroisse de la Première Enceinte. C'était un garçon très aimable, toujours à saluer les gens et à sourire, mais à en juger par son apparence, ses efforts n'avaient pas dû l'enrichir considérablement.

Tournant les talons, Jacob alla retrouver sa plume et son encrier, tandis que maître William partait se consacrer à des affaires autrement importantes. Cadfael se demandait à qui donner raison : au jeune homme qui ne voyait que les côtés positifs de chacun, ou au plus âgé qui commençait par soupçonner tout le monde et n'accordait sa confiance qu'avec parcimonie ? Le premier pourrait bien tomber dans une chausse-trappe à l'occasion, mais au moins, malgré les déboires qu'il connaîtrait, il aurait profité des aspects les plus souriants de la vie. L'autre ne commettrait peut-être jamais d'erreur, mais toute forme de joie de vivre lui resterait probablement étrangère. Le mieux serait de trouver le juste milieu, ce qui n'était pas facile !

Par un curieux hasard, au petit déjeuner, il se retrouva assis près de frère Eutrope, dont on ne savait pratiquement rien. Il était arrivé à l'abbaye des Saints-Pierre-et-Paul de Shrewsbury à peine deux mois auparavant et venait d'une grange d'importance secondaire appartenant à l'Ordre. Alors qu'il aurait suffi de fréquenter un mois frère Oswin, par exemple, pour lire en lui comme dans un livre, on ne savait rien de frère Eutrope qui était constamment sur la réserve et ne parlait jamais de lui-même. C'était un homme taciturne, d'une trentaine d'années, qui n'aimait pas que quiconque croise son chemin bien qu'il ne l'eût jamais clairement dit. Peut-être était-ce un timide qui avait du mal à se livrer à cause de son caractère, à moins que cette attitude ne fût le signe d'une colère rentrée contre son propre sort et contre le monde entier. La rumeur lui attribuait un amour malheureux dont la vie monastique ne l'avait pas consolé. Mais faute d'informations sérieuses, la rumeur se nourrit de tout et de rien.

Intelligent, instruit, sans être bon copiste, Eutrope travaillait également avec frère Matthieu, le cellérier. Quand frère Ambroise était tombé malade, qui sait si Eutrope n'aurait pas souhaité se voir confier les livres ? Peut-être avait-il été blessé de voir qu'on lui avait préféré un clerc laïc. Peut-être ! Mais jusqu'à maintenant avec Eutrope, il fallait se contenter de « peut-être ». Un jour, un mot lancé au hasard ou l'action imprévisible de la grâce finirait bien par percer sa carapace. Le mystère cesserait alors d'en être un et l'étranger se fondrait dans la communauté.

Frère Cadfael n'ignorait pas que lorsque l'âme est en jeu, il faut savoir prendre son temps. Et ce n'est pas ce qui manque dans l'éternité.

Dans l'après-midi, en repartant pour la grange où il avait entreposé ses graines, Cadfael rencontra Jacob. Ce dernier avait terminé ses écritures et se dirigeait vers la Première Enceinte en se donnant de grands airs. Lui aussi portait un sac de cuir.

— Ah, je vois qu'il vous a chargé d'un secteur.

— Je l'aurais volontiers davantage aidé, répliqua Jacob, dont la dignité avait été quelque peu mise à mal.

Avec son visage de chérubin, il paraissait moins que ses vingt-cinq ans, malgré sa haute taille.

— D'après lui, j'aurais été trop lent, car je ne connais ni son itinéraire ni ses locataires. Alors il m'a laissé les petites rues sur la Première Enceinte, car ici rien ne me presse. Je crois qu'il a raison : je mettrai sûrement plus longtemps que je ne le crois. Cela me désole de le voir se tracasser autant pour son fils, ajouta-t-il en hochant la tête. Il va devoir s'occuper de ses démêlés avec la justice. Aussi m'a-t-il demandé de ne pas me mettre martel en tête s'il rentrait tard tout à l'heure. J'espère que tout se passera bien.

Sur ce, le loyal serviteur partit accomplir son devoir d'un pas décidé, même s'il avait d'autres préoccupations.

Cadfael rapporta ses graines au jardin où il travailla avec plaisir pendant une heure environ, puis il se leva et alla voir si frère Ambroise allait mieux. Il n'avait pas la voix plus claire, mais on l'entendait mieux que la veille.

— Je pourrais me lever et aider ce pauvre William. Cette journée pour lui...

Cadfael l'arrêta de sa grande main calleuse.

— Ne bouge pas. Sois raisonnable. Laisse-les donc se débrouiller sans toi, ils ne t'en apprécieront que plus après. Ça ne serait pas trop tôt, d'ailleurs !

Une fois de plus, il nourrit son oiseau en cage et retourna à ses occupations dans le jardin.

A vêpres, frère Eutrope était en retard. Il arriva en courant et prit sa place, le souffle court, aussi impénétrable que jamais. Quand ils allèrent dîner au réfectoire, Jacob de Bouldon se présenta au portail, une main jalousement posée sur le sac contenant les loyers et cherchant des yeux son maître qui n'était pas encore de retour. Vingt minutes après, à la fin du repas, il n'était toujours pas rentré. Dans le soir qui tombait, Garin Piedléger traversa la cour d'une démarche lourde pour gagner l'hôtellerie. Le paquet qu'il portait sur l'épaule semblait à peine plus léger que lorsqu'il était sorti le matin.

En plus de son principal moyen de subsistance (c'était lui qui retirait les noyés de la Severn tout au long de l'année), Madog du Bateau des Morts avait un certain nombre d'occupations saisonnières lui permettant aussi bien de se distraire que de gagner sa vie. La pêche était celle qu'il préférait, et sa saison de pêche favorite était le début du printemps quand les saumons remontent le fleuve, quand de jeunes et solides spécimens nagent et sautent sur de grandes distances avant de pondre. Madog s'y entendait comme personne pour les attraper. Le jour même, il en avait sorti un, avant de conduire son coracle au milieu des buissons épais, sous la porte d'écluse, près d'un sentier étroit descendant de la ville. De là, il lança une ligne assez fine dans le fleuve pour prendre tout ce qui se présenterait. Il était confortablement à couvert, sous un feuillage abondant. Il pouvait s'installer sur la berge et s'allonger pour sommeiller en attendant d'être réveillé par le mouvement de sa ligne. Des remparts du château, du mur de la ville ou des fenêtres les plus hautes, il était invisible.

Le soir commençait à tomber quand, juste en amont, un grand bruit d'éclaboussure — comme un corps lourd qui aurait été plongé dans l'eau — le tira de sa torpeur. Aussitôt en alerte, il se déplaça d'une ou deux toises pour regarder dans cette direction, sans rien voir qui puisse expliquer ce qu'il venait d'entendre. Puis un tourbillon se forma au milieu du courant et une manche de couleur brune perça la surface suivie d'un visage pâle, ovale, qui apparaissait et disparaissait à sa vue. Un corps d'homme tourna lentement sur lui-même en passant devant lui. Ramant énergiquement, Madog se lança à sa poursuite. Ce n'est pas une mince affaire de tirer un homme de l'eau quand on est sur un coracle, mais c'était un art qu'il pratiquait depuis si longtemps qu'il parvint à garder son équilibre et à le sortir de la rivière du premier coup en l'attrapant par la manche, tandis que le petit bateau, tournoyant comme un bouchon, partait en tous sens, telle une feuille volant au vent. Madog était à égale distance des deux rives au moment où une dizaine de religieux quittèrent leur travail dans les potagers au bord de la Gaye. Comme il n'y avait personne d'autre à proximité pour lui prêter assistance, il se dirigea vers le bord du fleuve et les héla à grands cris. Ils s'empressèrent de venir à sa rescousse.

Lorsqu'ils arrivèrent près de lui, Madog avait tiré l'homme au sec, l'avait mis à plat ventre dans l'herbe et le soulevait fermement par la taille pour l'obliger à recracher l'eau qu'il avait ingurgitée, tout en lui appuyant sur le dos de ses grandes mains noueuses.

— Il n'est pas resté longtemps dans la rivière. J'ai entendu quand on l'y a précipité. Vous avez vu quelque chose d'où vous étiez près de la porte ?

Inquiets, ils secouèrent négativement la tête, et se penchèrent vers l'homme qui, à cet instant, s'étouffa et rendit l'eau qu'il avait avalée.

— Il respire, ça va aller. Mais on a voulu le noyer, c'est certain. Regardez !

Sur l'arrière du crâne, à travers ses épais cheveux gris, du sang suintait d'une blessure bien visible.

L'un des frères lais poussa un cri en tournant vers le ciel la face pâle et meurtrie du noyé.

— C'est maître William, notre intendant ! Il collectait les loyers en ville... Voyez, sa bourse n'est plus à sa ceinture.

Deux marques pâles indiquaient l'endroit où la lourde sacoche avait frotté sur le cuir et le bas du ceinturon présentait une coupure franche, causée par un couteau tranchant, là où les cordons avaient été hâtivement sectionnés.

— Un vol suivi d'un meurtre !

— Un vol, oui, mais un crime, c'est un peu prématuré, objecta Madog avec bon sens. Il respire, vous ne l'avez pas encore perdu. Le mieux serait toutefois de le mettre au plus vite dans un bon lit dans votre infirmerie. Utilisez vos bêches et vos pioches, en guise de civière. J'ai un manteau de rechange et certains d'entre vous accepteront certainement de lui en prêter un ou deux de plus...

Ils fabriquèrent une civière pour transporter maître William à l'abbaye aussi rapidement que possible. Leur entrée provoqua la panique parmi les portiers, les hôtes et les religieux. Frère Edmond, l'infirmier, arriva en courant et conduisit les brancardiers improvisés à un lit près du feu, dans le quartier des malades. Jacob de Bouldon accourut pour voir ses craintes confirmées, poussa un cri de détresse mais se reprit courageusement et se hâta d'aller chercher frère Cadfael. Le sous-prieur — qui avait trop vu de noyés ou de gens à demi noyés pour s'énerver — dépêcha au plus vite un messager en ville pour prévenir le prévôt et le shérif, et les recherches commencèrent presque avant qu'on ait ôté à la victime ses vêtements trempés, qu'on l'ait roulée dans des couvertures et couchée.

Le sergent du shérif recueillit le témoignage de Madog. Pendant quelques secondes, il plissa les paupières en se demandant si le vieux batelier gallois n'avait pas pour habitude de jeter les gens à l'eau avant de les repêcher, mais il renonça à cette idée. Si c'était le cas, il se serait arrangé pour que sa victime ne puisse jamais nommer ou identifier son agresseur. Madog se rendit compte de cette hésitation et il eut un sourire méprisant.

— Ce n'est pas comme ça que je gagne ma vie, mais si vous tenez à m'interroger, il doit y avoir des jardiniers de la Gaye qui m'ont vu descendre et poser ma ligne sous les arbres, là-bas. Ils pourront confirmer que je n'ai pas mis pied à terre avant d'avoir sorti celui-là de l'eau et appelé à l'aide. Vous ne me connaissez peut-être pas, mais les bénédictins, eux, me connaissent.

Le sergent, depuis peu au service du château de Shrewsbury, ignorait tout du travail de Madog. Il accepta le chaleureux panégyrique de frère Edmond et d'un haussement d'épaules imposa silence à ses doutes.

— Je suis désolé, mais je n'ai rien vu ni entendu avant qu'il ne plonge dans la rivière, admit Madog en se radoucissant. Je sommeillais. Tout ce que je sais, c'est qu'il est tombé à l'eau un peu en amont par rapport à moi, mais pas loin. A mon avis, son assaillant est sorti des fourrés à proximité de la porte d'écluse.

— C'est un endroit sombre, étroit, reconnut le sergent.

— Et il y a une foule de sentiers par là. De plus, le soleil avait commencé à décliner. Quand il reviendra à lui, il pourra vous fournir quelques détails, voire vous donner le nom de son agresseur, qui sait ?

Le sergent se résigna à attendre le réveil de

maître William qui, pour l'instant, était parfaitement immobile. Cadfael avait nettoyé et pansé sa blessure qu'il avait recouverte d'un baume fabriqué avec des herbes médicinales. L'intendant reposait, les yeux fermés, marqués de poches profondes, la bouche entrouverte sur une respiration irrégulière. Madog récupéra son manteau qu'on avait mis à sécher devant le feu et le secoua placidement.

— Espérons que personne n'aura eu l'idée de me voler mon poisson pendant que j'avais le dos tourné.

Il l'avait en effet enveloppé dans une brassée d'herbe humide et caché sous son bateau retourné.

— Il ne me reste plus qu'à vous souhaiter le bonsoir, mes frères. Espérons que votre malade se remettra et qu'il retrouvera sa bourse. Mais ça, j'en doute.

» Il y a là un jeune homme tout frissonnant qui a sûrement quelque chose à vous demander, continua Madog depuis le seuil de l'infirmerie. Il souhaiterait être autorisé à voir son maître. Je lui ai affirmé que ses jours n'étaient pas en danger et qu'il aurait simplement une belle cicatrice. Je le laisse entrer ?

Cadfael sortit avec lui pour couper court à toute visite prématurée. Pâle, inquiet, Jacob de Bouldon était assis, les bras étroitement serrés autour de ses genoux, recroquevillé sur lui-même pour se protéger du froid. Quand ils s'approchèrent de lui, il leur jeta un coup d'œil plein d'espoir, prêt à plaider ardemment sa cause. Madog lui donna une tape amicale sur l'épaule en passant et se dirigea vers le portail. Avec sa silhouette trapue, carrée, son teint bronzé, il évoquait le tronc d'un chêne.

— Tu serais bien inspiré de rentrer chez toi, sinon tu vas attraper du mal, lui suggéra gentiment Cadfael. Maître William se remettra très bien, mais il ne va pas reprendre conscience tout de suite. Alors, inutile de risquer la mort en restant sur ces pierres glaciales.

— Je n'arrivais pas à dormir ! s'exclama Jacob. Je lui ai demandé je ne sais combien de fois de m'emmener avec lui. Mais il a répondu que je racontais des bêtises. Il encaissait les loyers de l'abbaye depuis des années sans avoir jamais eu besoin d'un garde du corps. Et maintenant... Je ne peux pas venir m'asseoir à côté de lui ? Je ne le dérangerai pas. A-t-il déjà pu parler ?

— Non, et il en sera incapable pendant plusieurs heures encore. Mais je ne crois pas qu'il nous raconte grand-chose. Je veille sur lui et frère Edmond n'est pas loin. Moins il y aura de monde auprès de lui et mieux ce sera.

— Je vais quand même attendre encore un peu, murmura Jacob, très agité, resserrant ses bras autour de ses genoux.

S'il y tenait, c'était son affaire. Mais les crampes dues au froid ne tarderaient pas à le rendre plus raisonnable et à lui apprendre la patience. Cadfael retourna au chevet de son malade et referma la porte. C'était plutôt encourageant de rencontrer un jeune homme dont le dévouement démentait les propos peu enthousiastes de maître William sur la jeune génération.

Peu avant minuit, un autre visiteur vint aux nouvelles. Le portier entra à pas de loup et vint souffler à l'oreille de Cadfael que le fils du blessé était là, et qu'il demandait à voir son père. Puisque le sergent avait quitté les lieux, certain que son attente serait stérile, en promettant d'aller rassurer Mme Rede sur l'état de son mari et les soins adéquats qu'on lui prodiguait, Cadfael aurait pu prier le garçon de rentrer chez lui afin de rester avec sa mère, mais ce dernier l'en empêcha en entrant, silencieux mais déterminé, sur les pas de son héraut. Il était grand avec des cheveux très abondants, des yeux noirs, des épaules tombantes, un visage morose. Il était très calme, et on ne distinguait sur ses traits ni tendresse ni inquiétude. Son regard se porta aussitôt vers l'homme allongé au front couvert de sueur et dont la respiration se faisait plus régulière. Les sourcils froncés, une lueur dure dans les yeux, il déclara à voix basse, sans poser de questions ni demander d'explications, qu'il resterait. Puis très posément, mais non sans une certaine agressivité, il s'installa sur le banc à côté du lit de son père, ses deux longues mains puissantes crispées entre ses genoux.

Le portier croisa le regard de Cadfael, haussa

les épaules et s'en alla sans bruit. Cadfael s'assit de l'autre côté du lit, observant le couple formé par le père et le fils. Ils avaient le même air distant, critique, voire hostile, et pourtant, ils étaient réunis dans la même pièce, immobiles.

Le jeune homme posa deux questions, coupées par un long silence :

— Comment va-t-il ? demanda-t-il presque à contrecœur.

— Pas mal, répondit Cadfael, attentif au changement de rythme dans la respiration du patient qui, peu à peu, reprenait des couleurs. Simplement, il lui faut du temps.

— A-t-il parlé ? s'informa-t-il ensuite.

— Pas encore.

Cadfael aurait bien voulu savoir laquelle de ces deux questions comptait le plus pour le fils de l'intendant. Il devait y avoir un homme quelque part qui s'interrogeait sur ce que l'intendant pourrait avoir à révéler quand il ouvrirait la bouche.

Le jeune homme, dont Cadfael se rappela qu'il s'appelait Édouard, en hommage à Édouard le Confesseur, passa la plus grande partie de la nuit pratiquement sans bouger ni quitter le lit où reposait son père, le front plissé, tout particulièrement quand il se sentait observé.

Bien avant prime, le sergent revint au chevet du malade. Jacob était de nouveau là, à traîner, malheureux, près de l'entrée, jetant un coup d'œil anxieux à chaque fois que la porte s'ouvrait, sans toutefois oser entrer tant qu'on ne l'y invitait pas. Le sergent couvrait Eddi d'un regard peu aimable sans cependant prononcer un seul mot, pour ne pas troubler le repos de plus en plus paisible de maître Rede. Il était sept heures passées quand ce dernier remua enfin, ouvrit des yeux vagues, émit quelques sons ressemblant plus ou moins à des mots et tenta de porter une main faible à sa tête douloureuse, surpris de se sentir gêné dans ses mouvements. Aussitôt le sergent se pencha vers lui, mais Cadfael l'arrêta en le prenant par le bras.

— Ne le bousculez pas ! Avec le choc qu'il a subi, il n'a pas encore les idées en place. C'est nous qui aurons des choses à lui apprendre avant qu'il puisse nous fournir des informations.

» Vous me reconnaissez, c'est moi, Cadfael, murmura-t-il à l'adresse du blessé. Edmond viendra me relever à la fin de prime. Vous êtes sous sa surveillance à l'infirmerie. Le pire est derrière vous. Restez tranquille et ne vous inquiétez de rien. Laissez les soucis aux autres. Vous avez été frappé violemment sur le crâne et vous êtes tombé à l'eau mais c'est fini tout cela, Dieu merci, et vous vous portez plutôt bien.

Cette fois, la main de maître William atteignit son but. Il gémit et prit une expression de surprise indignée. Il retrouva son regard habituel et la mémoire lui revint, même s'il parlait d'une voix peu audible.

— Il est venu par-derrière. Mais je ne sais pas qui c'est. Il sortait d'une cour... Après, mystère...

Comprenant soudain ce que cela impliquait, il poussa un cri affolé et essaya de se redresser sur ses oreillers, mais il dut s'interrompre à cause de la souffrance qu'il éprouva.

— Les loyers... Les loyers de l'abbaye !

— Votre vie n'a pas de prix comparée à cet argent, s'écria Cadfael. Et il n'est pas sûr qu'on ne puisse pas le récupérer.

— Votre agresseur a coupé les cordons de votre bourse, l'informa le sergent en se rapprochant de lui, et il s'est sauvé avec son butin. Mais avec votre aide, on peut encore lui mettre la main au collet. Où étiez-vous quand il vous a attaqué ?

— A peine à cent pas de chez moi, se lamenta maître William. Je regagnais mon foyer après avoir terminé ma tournée. Je voulais vérifier mes rôles et tout mettre en ordre, et puis...

Il referma la bouche, l'air sombre. Il s'était bien rendu compte de la présence d'un jeune homme silencieux, morose, assis à son chevet, mais maintenant qu'il y voyait mieux, il le dévisagea. Le regard qu'ils échangèrent manquait singulièrement d'aménité, fruit sans doute d'une longue pratique.

— Qu'est-ce que tu fabriques ici, toi ?

— J'attendais que tu ailles mieux pour en informer ma mère, répondit sèchement Édouard, tout en lançant au sergent un coup d'œil de défi. Mon père rentrait pour me sermonner et me rappeler la liste de mes manquements. Il voulait aussi m'avertir qu'il ne me restait que deux jours pour m'acquitter de mon amende et que désormais c'était mon problème et non le sien. Il m'avait averti que si je ne parvenais pas à payer, je pourrais bien moisir en prison. A moins, reconnut-il avec une impartialité qui lui écorchait la bouche, qu'il n'ait voulu me donner une leçon avant de régler ce que je devais ; ça n'aurait pas été la première fois. Mais je n'étais pas d'humeur à l'écouter, pas plus qu'il n'avait envie que je me moque de lui. Alors je suis parti sur le champ de tir à l'arc où j'ai gagné une bonne moitié de ce que je dois. Vous n'êtes pas obligé de me croire.

— Vous étiez donc en très mauvais termes, lança le sergent d'un ton soupçonneux, les paupières plissées. Voilà, maître William, qu'on vous attaque et qu'on vous dévalise en vous laissant pour mort alors que vous rentrez chez vous avec le montant des loyers. Et toi, mon garçon, pendant ce temps-là tu mets la main sur la moitié de ce qu'il te faut pour éviter la prison.

Cadfael, observant le père et le fils, comprit qu'il n'était jamais venu à l'idée du garçon de se voir soupçonné de cette agression un peu trop opportune. Maître William n'avait pas non plus songé à opérer un rapprochement qui tombait pourtant sous le sens. S'il regardait son fils de travers, c'était à cause de sa migraine et de leurs relations tendues.

— Pourquoi n'es-tu pas à la maison à t'occuper de ta mère ? demanda-t-il d'un ton geignard.

— J'y vais, maintenant que je sais que tu es redevenu toi-même. De toute façon, maman n'est pas seule. Cousine Alice est auprès d'elle. Mais elle sera sûrement contente de savoir que tu es toujours d'aussi bonne humeur et qu'on a de bonnes chances de t'avoir sur le dos pendant encore vingt ans. Je partirai quand j'en aurai l'autorisation, poursuivit-il d'un ton revêche. Mais le sergent veut recueillir ton témoignage avant de te laisser te reposer. Il valait mieux que tu le saches.

Fatigué, William se soumit, s'efforçant de se rappeler ce qui s'était passé.

— Je venais de la maison le long de l'allée, vers Sainte-Marie, au-dessus de la porte d'écluse. La cour du tanneur était grande ouverte, je le sais — je suis passé devant... Mais je n'ai pas entendu marcher derrière moi. C'est comme si le mur m'était tombé sur la tête ! Après, je ne me souviens de rien, que du froid, un froid mortel... Qui m'a ramené ici, bien au chaud ?

On lui raconta toute l'histoire. Il secoua la tête, impuissant à se remémorer ce qui lui était arrivé pendant ce bref laps de temps.

— Vous pensez qu'on vous attendait en embuscade, derrière la porte de cette cour ?

— C'est ce qu'il semble.

— Vous ne l'avez même pas aperçu ? Juste une

seconde ? Vous ne pouvez vraiment pas nous mettre sur sa piste ? Aucune idée sur sa stature, son âge ?

Rien. Le soir commençait à descendre. Il ne percevait que le bruit de ses propres pas, personne en vue entre les hauts murs des jardins, les cours et les entrepôts près de la rivière. Ensuite il y avait eu un choc violent et il était tombé dans un puits sans fond. Il était de nouveau fatigué, mais il avait les idées assez claires. On ne tirerait plus rien de lui.

Frère Edmond entra, jeta un coup d'œil à son patient et d'un signe de tête invita les visiteurs à se retirer pour que William puisse rester tranquille. Edouard baisa la main molle de son père avec brusquerie, comme s'il aurait préféré le mordre. Puis il se dirigea vers la grande cour ensoleillée en clignant des yeux. Une expression de défi sur le visage, il attendit que le sergent lui permette de quitter les lieux.

— Ce que je vous ai dit est la stricte vérité. Je suis effectivement allé sur le pas de tir, j'ai parié et j'ai bien visé. Si vous voulez le nom de mes camarades, je peux vous les fournir. Mais il me reste encore à me procurer l'autre moitié de la somme. Avant de rentrer, tard dans la nuit, je n'étais au courant de rien. Votre messager était passé. Alors, je peux partir ? Vous savez où me trouver si besoin est.

— D'accord, répondit le sergent, trop vite pour laisser ignorer au jeune homme qu'on le suivrait de près sur le chemin du retour. Ne bougez pas de chez vous. De simples noms risquent de ne pas me suffire. Je vais aller interroger les frères lais qui travaillaient sur la Gaye, hier dans la soirée, mais je ne tarderai pas à venir vous voir en ville.

Ces derniers se rassemblaient déjà dans la cour, prêts à vaquer à leurs occupations de la journée. Le sergent se rendit auprès de ses témoins pendant qu'Eddi le suivait d'un regard furibond.

Cadfael observait le jeune visage sombre où il put lire des sentiments contradictoires. S'il avait eu une expression plus souriante, il aurait été plutôt agréable à regarder, mais peut-être en ce moment n'avait-il guère de raisons de se réjouir.

— Retrouvera-t-il complètement la santé ? demanda-t-il soudain, tournant son regard noir vers Cadfael.

— Il sera très rapidement sur pied, semblable à lui-même.

— Vous vous occuperez bien de lui ?

— Mais certainement, acquiesça innocemment Cadfael, même si ce fléau domestique est toujours d'humeur aussi charmante.

— Je suis sûr que nul d'entre vous n'a la moindre raison de le considérer ainsi, lança-t-il avec une férocité inattendue. C'est un bon et loyal serviteur de l'abbaye depuis des lustres et vous lui devez plus de remerciements que de reproches, j'imagine.

Là-dessus, il pivota et se dirigea vers la sortie à

grands pas, laissant Cadfael le suivre des yeux, songeur, un très léger sourire aux lèvres.

Il veilla à reprendre un air grave avant de retrouver maître William qui n'était pas homme à prendre à la légère son agression, ses démêlés et ses ennuis personnels. Il s'efforçait de chasser sa migraine en battant des paupières, et il fulminait contre son rejeton à mi-voix.

— Vous comprenez maintenant ce que j'ai à lui reprocher, et le réconfort qu'il m'apporte sous mon propre toit. C'est un bon à rien qui n'accepte aucune remarque, et insolent par-dessus le marché...

— C'est vrai, murmura Cadfael, compatissant, impassible. Je ne m'étonne plus que vous vouliez le laisser un peu réfléchir en prison. Ce n'est pas moi qui vous le reprocherais.

— Il n'en est pas question, aboya maître William en lui lançant un regard torve. Il n'est pas pire que vous et moi au même âge, je pense. Avec le temps, il s'assagira.

Le désastre subi par maître William avait perturbé la sérénité de l'abbaye, depuis le chœur jusqu'à l'hôtellerie. On questionna, on interrogea. Dès l'aube, le petit Jacob vint rôder autour de l'infirmerie, incapable d'accomplir les tâches que lui avait confiées son maître blessé. Cadfael finit par le prendre en pitié et lui expliqua qu'il n'avait aucune raison de se tourmenter à ce point car le pire était passé : maître William ne tarderait pas à se rétablir.

— Vous en êtes sûr, mon frère ? A-t-il repris conscience ? A-t-il parlé ? A-t-il les idées claires ?

Patiemment, Cadfael reprit ses explications.

— Mais une telle monstruosité ! A-t-il pu aider les hommes du shérif ? Voir son agresseur ? A-t-il la moindre idée sur son identité ?

— Ah non ! Il n'a rien vu, car il a été attaqué par-derrière. Il n'en savait pas plus en revenant à lui ce matin, à l'infirmerie. Je crains qu'il n'ait pas été d'un grand secours à la justice. Il fallait s'y attendre, d'ailleurs.

— Il ne restera pas diminué, tout de même ?

— Mais non, il sera debout très vite.

— Dieu soit loué, mon frère ! s'écria Jacob avec ferveur.

Il s'en alla satisfait. Maintenant il pouvait s'occuper de ses comptes. Car même si les loyers de la ville avaient disparu, il lui restait encore ses travaux d'écriture.

Bizarrement Garin Piedléger, le colporteur, arrêta Cadfael près du dortoir et l'interrogea très poliment sur la santé de l'intendant. Il n'osa pas se montrer aussi anxieux que Jacob, sa position dans la maison étant très différente, mais il manifesta la sympathie courtoise d'un hôte modeste qui, en bon citoyen, s'indigne de voir la loi bafouée et souhaite voir la justice poursuivre le crime. Son

Excellence avait-elle pu identifier son assaillant ? Non ? Quel dommage ! Il espérait toutefois que ce délit ne resterait pas impuni. Et si quelqu'un — oh ! par le plus grand des hasards — pouvait aider à retrouver la trace de la sacoche disparue, y aurait-il une petite récompense à la clé ? Si l'homme est honnête, songea Cadfael, ça n'a rien d'impossible.

Garin partit pour Shrewsbury, où l'appelaient ses affaires, son gros sac sur l'épaule. Vu de dos, il avait l'air à la fois insouciant et décidé.

Mais le visiteur le plus inattendu, le plus troublant, ne posa aucune question. Il entra sans bruit au moment où Cadfael passait rapidement à l'infirmerie au début de l'après-midi, après s'être un peu reposé pour compenser son manque de sommeil. Frère Eutrope, immobile, attentif, se tenait au pied du lit de l'intendant et le regardait fixement de ses yeux creux. Son visage évoquait un masque de pierre. Il ne se tourna pas vers son collègue. Tout ce qui l'intéressait, c'était l'homme endormi, si paisible à présent malgré son crâne bandé, cet homme qu'on avait sorti du fleuve alors qu'il avait déjà un pied dans la tombe. Il demeura sur place un long moment, murmurant d'inaudibles prières. Soudain, il tressaillit comme si on venait de l'arracher au sommeil, se signa et disparut comme il était venu.

Cadfael fut si frappé par son attitude et son visage fermé qu'il sortit à sa suite, à pas de loup, et le suivit à distance à travers le cloître, puis dans l'église.

Frère Eutrope était à genoux devant le maître-autel, les mains jointes, sa figure marmoréenne levée. Ses paupières étaient closes, mais ses cils brillaient.

Tourmenté, ce bel homme souffrait dans son corps et son cœur solitaire. A la lumière des cierges, Cadfael put lire distinctement sur ses lèvres *mea culpa... maxima mea culpa...*

Il aurait voulu abolir la distance qui les séparait et se rapprocher de lui, mais ce n'était pas le moment. Il s'éloigna discrètement, laissant frère Eutrope à sa solitude troublée. Quoi qu'il ait pu lui arriver, sa carapace s'était brisée et jamais plus il ne pourrait user de cette protection.

Avant vêpres Cadfael alla en ville rendre visite à Mme Rede et la rassurer sur l'état de son mari. A la Croix Haute, par le plus grand des hasards, il rencontra le sergent avec lequel il eut un bref entretien. Dans une situation de ce genre il était normal d'interroger les plus notoires des mauvais garçons de la cité auxquels on demandait un compte rendu précis de leurs déplacements de la veille. Sans résultat. Les camarades d'Eddi, qui se trouvaient avec lui sur le champ de tir, confirmèrent unanimement son récit, mais comme ils se connaissaient depuis l'enfance, cela ne signifiait pas grand-chose. Le seul point positif, permettant de situer le lieu de l'agression sans l'ombre d'un doute, fut la découverte d'une boucle de cuir, dans l'allée au-dessus de la porte d'écluse, provenant de la bourse de maître William que le voleur avait coupée net et abandonnée dans sa hâte, à moins que l'ombre des remparts ne la lui ait dissimulée.

— Juste sous la cour où le drapier range ses charrettes. Les murs ont dix pieds de haut et la venelle est étroite. Il n'y a pas un seul endroit d'où on puisse la surplomber. Aucune chance de dénicher un témoin oculaire. Il ne pouvait pas mieux choisir !

— Ah, mais si, il y a un point d'où on a pu le voir ! s'exclama Cadfael. Le grenier au-dessus du hangar aux chariots a une lucarne plus haute que le rempart dont elle est toute proche. William Clothier y laisse dormir Rhodri Fychan, le vieux Gallois qui mendie près de Sainte-Marie. A cette heure-là, il était peut-être rentré et, par une aussi belle soirée, qui sait s'il n'a pas mis le nez à la fenêtre ? Et si ce n'est pas le cas, personne ne peut en être sûr. La seule éventualité de sa présence est suffisante en soi.

Il avait vu juste à propos du sergent. Il n'était pas là depuis longtemps et il ignorait beaucoup de points sur la vie quotidienne à Shrewsbury. Il ne connaissait ni Madog du Bateau des Morts ni

Rhodri Fychan. Seul le hasard avait voulu qu'il soit chargé de cette affaire et le hasard fait parfois bien les choses.

— Vous venez de me donner une idée qui pourrait bien nous conduire à la vérité. Je ne voudrais pour rien au monde mettre en danger la vie du vieux Rhodri, mais ça ne sera pas utile. Écoutez, si cela vous convient, il y a un moyen d'appâter le poisson. Si ça marche, vous tiendrez votre homme. Sinon, on n'aura rien perdu à essayer. Mais il faut s'y prendre en douceur, ne rien crier sur les toits. Remettez-vous-en à moi. D'accord ? Si la pêche est bonne, c'est à vous qu'on le devra. Il ne nous en coûtera qu'une nuit de veille.

Subodorant une possibilité de monter en grade après avoir été félicité, mais n'abandonnant pas toute prudence, le sergent le dévisagea.

— Qu'est-ce que vous avez derrière la tête ?

— Supposons que ce soit vous le coupable. Vous avez agi entre des murs aveugles, et soudain, vous apprenez qu'un vieillard dort depuis des années au-dessus du lieu de l'agression. Il a pu vous voir. De plus, on vous informe que le vieillard en question n'a pas encore été interrogé, mais que demain il le sera...

— Je vous ai compris, mon frère. Continuez, je suis tout ouïe.

Après cela, il restait deux précautions à prendre

pour que le coup réussisse et que nul — à l'exception du coupable — ne se trouve en danger. Inutile de s'inquiéter pour le moment, il serait toujours temps de demander une autorisation de s'absenter pour la nuit. Si on la lui refusait, Cadfael sortirait sans permission. Ce ne serait pas la première fois. Mais il avait confiance en l'abbé Radulphe, et cette confiance — il en avait eu des preuves — était réciproque. La justice est une passion licite que les gens de bien respectent. Dans l'intervalle, Cadfael se rendit au cimetière de Sainte-Marie pour voir le vénérable mendiant assis près de la porte nord, place d'honneur qu'il avait le privilège d'occuper.

Rhodri le Jeune — son père aussi s'appelait Rhodri et, comme son fils, était un mendiant respecté — reconnut son pas et tourna vers lui un visage brun, ridé comme une vieille pomme et marqué par la petite vérole.

— Soyez le bienvenu, frère Cadfael, s'écria-t-il, tout sourire. Quelles nouvelles ?

Cadfael s'installa près de lui. Il n'était pas pressé.

— Vous avez sûrement entendu parler de la vilaine affaire qui a eu lieu sous votre fenêtre la nuit dernière. Vous étiez là ?

— Pas quand c'est arrivé, répondit le vieil homme, grattant pensivement sa tête chenue. Et à ma connaissance, personne ne se trouvait sur les lieux. J'ai mendié tard hier soir, le temps était très doux. Les vêpres étaient terminées quand je suis rentré.

— Peu importe. Écoutez-moi, mon ami, je vais vous emprunter votre grenier pour la nuit et je vous logerai ailleurs si vous consentez à m'aider.

— Je n'ai rien à refuser à un Gallois. Il vous suffit de parler.

Mais, quand il eut entendu toute l'histoire, il secoua gravement la tête.

— Il y a un second grenier, mieux abrité. Je m'y installe au plus fort de l'hiver pour me protéger de l'air glacial. Pourquoi est-ce que je n'y resterais pas ? Il y a une porte de séparation et assez de place pour loger plusieurs personnes. J'aimerais vraiment être présent quand l'agresseur de maître William recevra son châtiment.

Il se pencha pour agiter son bol à aumônes au passage d'une dame pieuse qui venait de prier à l'église. Les affaires sont les affaires, et la position qu'il occupait provoquait l'envie de tous les mendiants de Shrewsbury. Il bénit la généreuse donatrice et, d'un geste de la main, arrêta Cadfael qui s'apprêtait à partir.

— Encore un mot, mon frère. Qui sait si cela ne vous sera pas utile ? A ce qu'il paraît, un de vos moines était sous le pont hier au soir, à peu près à l'heure où Madog a sorti Will de l'eau. Il n'aurait pas bougé de là pendant un bon moment, comme s'il rêvait, mais son rêve ne devait pas être agréable. C'est quelqu'un qu'on connaît peu, assez jeune, avec un visage brun, toujours seul...

Cadfael se rappela qu'Eutrope était en effet rentré en retard pour vêpres.

— Vous savez, il y a des gens qui me racontent des choses sans penser à mal. Quand on ne bouge pas, il faut bien laisser le monde venir à soi. Il se serait avancé dans l'eau. Il en avait jusqu'au-dessus des sandales et il aurait sûrement continué, mais à ce moment Madog a crié qu'il avait retiré un noyé de la rivière, et ce drôle de moine a quitté la Severn et s'est sauvé comme s'il avait le diable aux trousses. Enfin, c'est ce qu'on m'a rapporté. Cela signifie-t-il quelque chose pour vous ?

— Oh oui, répondit lentement Cadfael. Beaucoup de choses.

Quand il eut fini de rassurer l'épouse de l'intendant, petite et vive comme un oiseau, et qu'il se fut porté garant que d'ici un jour ou deux maître William aurait regagné son foyer, il emmena Eddi dans la cour et l'entretint de ce qui se tramait.

— Maintenant, je vais glisser quelques mots à l'oreille de ceux qui me paraîtront le plus aptes à répandre la nouvelle. Elle ne sera pas du goût de chacun, j'imagine. Mais il ne faut pas aller trop en dire ou alors, autant laisser l'homme du shérif se débrouiller tout seul. Quand la nuit sera tombée et que tous les religieux se mettront en règle avec le ciel avant d'aller dormir, je me rappellerai qu'il y a un endroit d'où un témoin a pu voir l'agression, que quelqu'un y dort toute l'année et qu'il a peut-être des choses à raconter. J'en informerai mes collègues, et j'ajouterai que demain matin à la première heure, j'en aviserai le shérif qui agira comme bon lui semble. S'il y a un être qui redoute un témoin oculaire, il faudra qu'il se décide cette nuit même.

Le jeune homme lui lança un regard dubitatif où passa une brève lueur.

— Si ce n'est pas *moi* que ce piège concerne, mon frère, c'est que vous devez avoir besoin de moi, n'est-ce pas ?

— Il s'agit de votre père. Si vous voulez, vous pourrez rester avec nous dans la pièce du fond. Mais attention, je ne sais pas et personne ne peut savoir si quelqu'un se laissera prendre à notre piège.

— Et si ça échoue, murmura Eddi avec un sourire en coin, c'est sur moi que les soupçons retomberont.

— En effet. Mais si ça marche...

— De toute manière, je n'ai rien à perdre, conclut le jeune homme, le visage sombre. Mais il y a une chose que je tiens à préciser, sinon j'évente votre piège. Ce n'est pas moi qui serai dans l'autre pièce avec Rhodri Fychan et votre sergent. C'est *vous*. Moi, je serai allongé dans la paille et j'attendrai le meurtrier. Comme vous l'avez dit à juste titre, c'est *mon* père. Pas le vôtre, mon frère.

Cette modification n'entrait pas dans les plans de Cadfael, mais il n'en fut pas vraiment surpris. A en juger par l'expression et la voix calme d'Eddi, il comprit qu'il ne servirait à rien de discuter, mais il essaya tout de même.

— Réfléchissez, mon fils, puisque c'est de *votre* père qu'il est question. Il aura besoin de vous. Un homme qui a déjà failli tuer une fois ne voudra pas courir de risques. Il aura un couteau et vous aurez beau avoir l'oreille fine et le cœur solide, étant donné votre position, ce n'est pas vous qui aurez l'avantage.

— Votre ouïe serait-elle plus aiguisée que la mienne ? Seriez-vous plus fort et plus souple que moi ? s'écria Eddi avec un sourire, frappant l'épaule de Cadfael de sa grande main puissante. Ne vous inquiétez pas, mon frère. Quand cet homme viendra, il ne me prendra pas au dépourvu. Allez donc répandre la bonne parole et espérons que les choses tourneront comme nous le souhaitons. Moi, je vais me préparer.

Quand un vol suivi d'une tentative de meurtre remonte seulement à un jour et demi et qu'il continue à faire sensation dans la communauté, il n'est pas très difficile d'en aborder le sujet et de glisser les informations nouvelles qu'on souhaite propager, ainsi que Cadfael s'en rendit compte en vaquant à ses occupations pendant la demi-heure qui suivit complies. Il n'eut d'ailleurs pas à dépenser des trésors d'imagination car l'agression était sur toutes les lèvres. La seule petite difficulté qu'il rencontra fut de confier l'idée, qu'il avait eue « brusquement », à chacun en particulier, car une annonce publique aurait inévitablement provoqué une réaction de la part d'un natif de la ville et sa ruse aurait perdu son efficacité. Mais même cela ne lui causa pas de mal. S'il s'adressait à quelqu'un né sur place, ce dernier n'en parlerait pas, car cela lui donnerait certainement assez à penser pour ne pas vouloir en discuter avec qui que ce soit.

Le petit Jacob arriva tout courbatu d'avoir passé des heures sur son écritoire. Il ne s'était interrompu que pour avaler un morceau à la hâte et rendre visite à son maître, maintenant installé près de la cheminée de l'infirmerie. La nouvelle que lui communiqua Cadfael l'intéressa beaucoup. Il écarquilla les yeux et proposa de se rendre au château sur-le-champ malgré l'heure tardive et d'en toucher un mot aux officiers de garde. Cadfael lui fit remarquer que ces valeureux défenseurs de la loi n'apprécieraient peut-être pas de se voir privés d'un repos bien mérité et que les choses n'auraient pas évolué d'ici au matin.

Il y eut une dizaine d'hôtes dans la partie de l'hôtellerie réservée aux gens du commun qui vinrent s'enquérir de la santé de maître William. Comme aucun d'eux n'était originaire de Shrewsbury et qu'ils en connaissaient mal les habitants, Cadfael leur parla ouvertement de son idée à titre de simple hypothèse. Garin Piedléger était parmi eux. Peut-être était-il à l'origine de cette démarche criminelle. Comme toujours, il avait l'air humble, zélé, ravi du plus petit mouvement susceptible d'aider la justice à triompher.

Il n'en restait qu'un dont l'âme était mystérieusement tourmentée. Oh ! il n'avait rien d'un assassin, il n'avait même pas tenté de se suicider, mais il s'en était fallu de peu. Sans le cri de Madog, peut-être se serait-il avancé jusqu'au plus fort du courant et se serait-il laissé emporter. Tout s'était passé comme si Dieu en personne lui avait mis devant les yeux l'énormité du geste auquel il songeait et l'avait arraché à l'abîme où il avait vu brûler les flammes de l'enfer. Mais ceux qui, blessés, repentants, revenaient vers le monde des vivants avaient besoin de leur prochain et de chaleur humaine.

Avant même que frère Cadfael n'ouvrît la porte de l'infirmerie pour une dernière visite à son patient, il eut la prémonition de ce qu'il allait trouver. Maître William et frère Eutrope, assis de part et d'autre de l'âtre, devisaient amicalement d'une voix basse, réfléchie. Ils communiquaient même par leurs silences qui n'étaient pas moins éloquents que les mots qu'ils échangeaient. Il était impossible de définir le lien qui les unissait, mais rien ne le romprait jamais. Cadfael se serait retiré sur la pointe des pieds si le léger grincement du battant n'avait attiré l'attention de frère Eutrope qui se leva pour prendre congé.

— Oui, mon frère, je sais. Je suis resté trop longtemps. J'arrive.

C'était l'heure de regagner les cellules et le dortoir et de dormir du sommeil de ceux dont l'âme est en paix. Eutrope, en traversant la cour avec Cadfael, avait l'expression d'un homme totalement en paix avec lui-même. Épuisé, et émerveillé par le choc de la révélation qu'il venait d'avoir, mais manifestement déjà confessé et absous. Il se sentait soulagé bien qu'encore un peu trop maladroit pour tendre la main vers son prochain.

— C'est vous, mon frère, qui êtes entré dans l'église, cet après-midi. Je regrette de vous avoir donné matière à vous inquiéter. Je venais seulement de considérer ma faute en face. Il m'a semblé que mon péché a failli tuer un innocent. Je sais depuis longtemps, mon frère, que le désespoir est un péché mortel. Mais c'était une notion abstraite. Je m'en rends compte à présent dans mon cœur et dans ma chair.

— Il n'y a pas de péché mortel, répondit Cadfael, conscient de s'avancer en terrain mouvant, si on s'en repent sincèrement. Il est vivant et vous aussi. Inutile de prendre votre situation au tragique. Vous n'êtes pas le premier à avoir voulu fuir un drame personnel en entrant au couvent et à

vous être rendu compte que ça n'était pas une solution miracle.
— Il y avait une femme, commença frère Eutrope d'une voix basse, douloureuse mais calme. Jusqu'à présent je n'arrivais pas à en parler. Une femme qui m'a trahi d'une façon éhontée sans que je puisse renoncer à mon amour. Sans elle, il me semblait que ma vie n'avait aucun sens. J'en connais mieux la valeur à présent. Pendant les années qui me restent à vivre, je paierai le prix de mon erreur jusqu'au dernier liard sans jamais me plaindre.
A cela, Cadfael ne répondit rien. Si, dans cet écheveau compliqué où se mêlaient la culpabilité et l'innocence, il se trouvait un homme qui dormirait profondément cette nuit-là, c'était bien frère Eutrope.
Quant à Cadfael, il se dit qu'il serait bien inspiré de profiter de l'autorisation qui lui avait été accordée et de se rendre chez le drapier par le chemin le plus court — car il faisait nuit noire — et que si le piège devait fonctionner, on était à deux doigts du dénouement.

L'échelle avait été laissée à sa place, appuyée contre le mur sous la lucarne de Rhodri. Dans la première pièce du grenier l'obscurité n'était pas tout à fait complète car la petite fenêtre, ouverte comme toujours, laissait filtrer un peu de lumière provenant du ciel étoilé. A l'intérieur, l'air était frais, mais le foin et la paille entassés au cours de l'été précédent, même s'ils avaient diminué pendant l'hiver, lui donnaient une certaine tiédeur odorante, et il en restait bien assez pour procurer à Rhodri un lit confortable. Eddi était couché sur le côté gauche, le visage tourné vers le carré de ciel lumineux ; son bras droit reposait sur sa tête afin de se protéger pendant sa veille.

Dans la pièce du fond, dont la porte était entrebâillée pour laisser passer les bruits, le sergent et Rhodri Fychan s'étaient installés, une lanterne, du silex et une arme à portée de main. Ils avaient encore une bonne heure à attendre. S'il venait, il aurait assez de patience et de sang-froid pour ne pas bouger avant les heures les plus noires de la nuit, à l'heure où le sommeil est le plus profond.

Il arriva au moment où Cadfael commençait à croire que le poisson n'avait pas mordu à l'hameçon. Il était deux heures du matin quand Eddi, qui montait attentivement la garde tout en se protégeant le visage du bras, vit le haut d'un crâne qui se détachait à peine sur le firmament sombre, mais bien visible quand on s'était habitué à l'obscurité. Il se raidit, immobile, et adopta la respiration calme d'un homme endormi tandis que l'intrus s'approchait. Il demeura un long moment sans bouger, l'oreille aux aguets. Une silhouette n'a ni âge ni caractéristique. Ce n'est qu'une forme. Impossible de savoir s'il avait vingt ou cinquante ans, mais il était capable de se déplacer dans un silence impressionnant.

Apparemment, il était satisfait d'avoir surpris l'écho d'un souffle régulier. Avec une célérité surprenante, il gravit les derniers barreaux de l'échelle et se glissa par la lucarne, cachant du même coup ce qu'il y avait de lumière, puis il s'immobilisa de nouveau pour s'assurer que ses mouvements n'avaient pas réveillé le dormeur. Eddi lui aussi tendait l'oreille et il perçut le frottement léger d'une lame d'acier sortant de son étui. Un poignard est la plus silencieuse des armes, mais il a aussi son mode d'expression. Eddi se tourna très doucement en prenant mille précautions pour libérer son bras gauche en prévision de la lutte à venir.

Il sentit plus qu'il ne vit l'ombre silencieuse changer de position dans l'obscurité. Elle se rapprochait. Il éprouva la tiédeur du corps de l'ennemi et l'air qui vibrait. Il se rendit compte qu'une main se tendait vers lui pour repérer la posture dans laquelle il était couché, tout en évitant de le toucher. Il eut le temps de deviner que le tueur se penchait vers lui, tenta d'estimer la position de la main qui tenait le couteau, pendant que l'autre déterminait l'endroit où frapper. Sous la toile de sac qui le couvrait — les mendiants disposent rarement de bonnes couvertures de laine —, Eddi se prépara au combat.

Quand le coup fut sur le point de s'abattre, il y

eut un bref éclair qui permit de suivre la trajectoire de la lame au moment où le criminel se reculait pour frapper de tout son poids, laissant, de ce fait, filtrer un peu de lumière : Eddi se mit alors sur le dos et saisit le bras armé de sa main gauche. Il se dégagea brutalement de son matelas de paille, repoussant le couteau, tandis que de sa main droite il prit le tueur à la gorge. Ils s'empoignèrent sur le chaume bruissant, roulèrent sur le plancher en luttant furieusement et se heurtèrent à la cloison de bois. Avant de se retrouver à demi étranglé, l'agresseur poussa un cri étouffé de stupéfaction. Eddi n'avait fait aucun bruit mais il se battait comme un démon. Il laissa son ennemi le saisir de la main gauche tandis qu'il lui agrippait le poignet de ses deux mains pour lui arracher son arme. De toute sa force, il cogna le coude du criminel contre le sol. L'assassin lâcha un grognement inarticulé, ses doigts privés d'énergie s'ouvrirent et laissèrent tomber le couteau. Eddi s'installa à califourchon sur un corps inerte au souffle haletant et dirigea la pointe de la lame vers un visage encore anonyme.

Dans la pièce du fond, le sergent avait sauté sur ses pieds. Il s'élançait vers la porte quand Cadfael l'arrêta en le prenant par le bras.

Des murmures fiévreux leur parvenaient mais les murmures n'ont ni âge ni sexe.

— Ne me frappez pas... Attendez ! Écoutez-moi...

L'assassin était terrifié mais il avait gardé l'esprit clair et continuait à ruser.

— C'est *vous* ! Je vous connais, j'ai entendu parler de vous... Vous êtes son fils ! Ne me tuez pas... vous n'avez aucune raison pour cela. Ce n'est pas après vous que j'en avais. Je n'ai rien contre vous...

« Ce que tu as entendu dire à son sujet — songea Cadfael appuyé à la porte, la main sur le briquet dont il pouvait avoir besoin à tout moment — n'était peut-être pas conforme à la vérité. C'est souvent le cas des rumeurs. Il y a là-dedans des sous-entendus que tout le monde n'est pas capable de percevoir. »

— Reste tranquille, intima Eddi d'une voix dangereusement calme et posée. Maintenant, vas-y, je t'écoute. Non, ne bouge pas. Si je pointe cette arme sur ta gorge, je n'en suis pas sourd pour autant. Quand ai-je parlé de te tuer ?

— Non, je vous en prie, souffla l'autre d'une voix rauque.

Si ce n'était pas le cas du sergent, Cadfael avait identifié l'homme. Il y avait peu de chances que Rhodri, qui était tout ouïe, ait jamais entendu cette voix, sinon il l'aurait reconnue, car il avait l'oreille remarquablement fine.

— Je peux vous être utile. Vous avez une amende à payer et il ne vous reste qu'un jour pour ça. Je le tiens de votre père. Qu'est-ce que vous lui devez ? Il vous aurait bien laissé tomber, non ? Mais moi, je peux vous fournir cette somme, si vous vous taisez et si vous me laissez partir.

Servez-vous de votre tête et la moitié est à vous. La moitié des loyers de l'abbaye. Je vous le jure !

Il y eut un profond silence. Si Eddi fut tenté, ce ne fut pas par l'argent mais par le désir de tuer. Il se retint cependant au prix d'un effort méritoire.

— Soyons associés, suggéra l'inconnu, insinuant, rassuré par le silence de son adversaire. Ça ne regarde personne, non ? Il paraît qu'un mendiant dormait ici, mais il a disparu. Il n'y a que vous et moi à connaître la vérité. Même si on s'est servi de vous, réfléchissez. Qui le saura ? Vous tenez votre langue, vous me laissez filer et tout ira bien pour nous deux.

— Te laisser partir ? répondit Eddi, d'un ton soupçonneux, après un autre silence. Alors que tu es seul à savoir où est le butin ? Tu me prends pour un imbécile ! Tu ne me donneras jamais ma part ! Dis-moi où tu l'as caché ou emmène-moi avec toi, sinon je te livre à la justice !

Les auditeurs devinèrent un bruit confus de lutte, un corps qui se tordait comme un cheval rétif et puis une reddition ignominieuse. Le tueur s'était effondré.

— J'ai mis l'argent dans ma bourse, avoua-t-il non sans amertume, avec le peu que je possède, et j'ai jeté la sacoche dans la rivière. Il est dans mon lit, à l'abbaye. Personne ne m'a prêté la moindre attention quand je suis rentré avec le reste des loyers que j'ai remis à leur destinataire. Venez avec moi, vous aurez satisfaction. Je vous paierai.

Si seulement vous consentez à vous taire, il y en aura plus de la moitié pour vous. Laissez-moi m'en aller !

— Hé, vous, là-dedans ! cria Eddi, plein de haine, venez chercher cette charogne, pour l'amour de Dieu ! Sinon je lui coupe la gorge, ce qui épargnera du travail au bourreau. Approchez, qu'on voie ce qu'on a attrapé !

Le sergent sortit le premier et se planta devant la fenêtre pour parer à toute éventualité. Cadfael accrocha sa lanterne à une poutre, loin de la paille et du foin, et battit diligemment le briquet. Le prisonnier d'Eddi poussa un juron désespéré. Dans une ultime tentative, il essaya de se débarrasser du poids qui l'étouffait et de s'enfuir, mais une main puissante, vengeresse, le cloua au sol.

— Il a osé me proposer de m'acheter avec de l'argent volé, l'argent de l'abbaye, et tant pis pour mon père ! articula Eddi d'une voix rauque. Vous l'avez entendu, hein, vous l'avez entendu ?

Le sergent se pencha par la lucarne et d'un coup de sifflet appela les deux hommes cachés au rez-de-chaussée, dans la grange. Il était ravi de s'être rallié au plan de Cadfael. Le blessé se remettait, on savait où était l'argent. Décidément les choses tournaient à son avantage. Il lui restait à expédier le prisonnier enchaîné au château et à se rendre à l'abbaye pour récupérer le butin.

La flamme de la lanterne monta et projeta une lueur jaune dans le grenier. Eddi se releva, s'éloignant de son ennemi qui s'assit lentement, l'air maussade, meurtri. Il cligna de ses grands yeux ronds, ingénus, et chacun put voir le jeune visage de Jacob de Bouldon, le parangon des clercs, qui apprenait si vite et cherchait avec ardeur à gagner la confiance et l'approbation de son maître. Jacob, qui tenait tant à le soulager de toutes ses tâches, tout particulièrement d'une grosse sacoche contenant les loyers de l'abbaye.

Il était tout égratigné et couvert de poussière et son expression habituellement pleine de vie et de gaieté était devenue hostile, méchante, désespérée. D'un regard oblique, il parcourut le cercle qui l'entourait et comprit qu'il était perdu. C'est surtout le petit bonhomme plein de vivacité, tout voûté, qui l'intrigua. Le vieillard souriait à Cadfael. Sur ce visage ridé, expressif, la flamme de la lanterne se refléta dans deux grands yeux privés de lumière, des yeux opaques, insensibles, semblables à des galets. Le regard fixe, Jacob poussa un gémissement et commença à proférer une litanie de jurons.

— Eh oui, murmura Cadfael. Tu aurais pu t'éviter un effort inutile. Je crains de ne pas t'avoir dit toute la vérité. Un natif de Shrewsbury ne se serait pas laissé prendre à mon petit piège. Rhodri Fychan est aveugle de naissance.

L'affaire eut, dans une certaine mesure, un

dénouement satisfaisant. Quand Cadfael et le sergent arrivèrent au portail, ils tombèrent sur Garin Piedléger qui, dans la loge du portier, attendait la cloche de prime. Elle éveillerait toute la maison, et il pourrait enfin remettre ce qu'il avait découvert et amené ici afin de ne prendre aucun risque. Il était assis sur un banc près de l'âtre vide et il serrait d'une main un sac de toile grossière.

— Il ne l'a pas lâché de toute la nuit, leur confia le portier, et il a fallu que je reste tout le temps de l'autre côté.

En l'absence de l'abbé et du prieur, Garin était tout disposé à remettre sa découverte au bras séculier ; d'ailleurs, un religieux était présent et pourrait servir de témoin. Il ouvrit fièrement le sac et montra les pièces qui se trouvaient à l'intérieur.

— Vous avez parlé d'une récompense éventuelle, mon frère, pour l'heureux homme qui découvrirait ceci. Ce jeune clerc ne m'inspirait pas confiance. Il était trop poli pour être honnête ! Si j'avais vu juste, il avait eu très peu de temps pour cacher l'argent. Il avait sur lui une bourse assez semblable à celle de son patron. Personne n'aurait eu l'idée d'aller y regarder de plus près puisque lui aussi avait été encaisser quelques loyers. Comme il est rentré un peu tard, il a pris la précaution d'expliquer que sa tournée avait été plus longue que prévu du fait de son manque d'expérience. Je ne l'ai pas quitté des yeux, et quand je l'ai vu sortir à la nuit tombée, j'ai sauté sur l'occasion. Il avait cousu ce sac dans un coin de sa paillasse. Le voici, il est à vous. Vous parlerez de moi au seigneur abbé. Les affaires ne sont pas florissantes. Il faut bien vivre quand on est un pauvre marchand ambulant.

Le sergent le gratifia d'un long regard stupéfait et finit par lui poser la question qui lui brûlait les lèvres :

— Vous n'avez pas été tenté, ne serait-ce qu'un moment, de garder ce trésor pour vous et de vous sauver dès l'ouverture des portes ?

— Je mentirais si je disais non, rétorqua le colporteur avec une expression timide, désarmante. Mais ça m'a vite passé. Je n'ai jamais eu de chance à ce petit jeu. L'expérience m'a appris la sagesse... et l'honnêteté. Mieux vaut un petit quelque chose bien acquis qu'une fortune que le vent dispersera, et, de toute manière, je me serais retrouvé en prison. Je vous restitue donc l'or de l'abbaye. Il n'y manque rien. Le père abbé saura se montrer généreux envers un forain désargenté.

TABLE

Introduction 7
Une lumière sur la route de Woodstock 11
Le prix de la lumière 59
Témoin oculaire 101

Si vous désirez être régulièrement tenu au courant de nos publications, merci de bien vouloir remplir ce questionnaire et nous le retourner :

Éditions 10/18
c/o 01 Consultants
35, rue du Sergent Bauchat
75012 Paris

NOM : ....

PRENOM : ....

ADRESSE : ....

....

CODE POSTAL : ....

VILLE : ....

PAYS : ....

AGE : ....

PROFESSION : ....

TITRE de l'ouvrage dans lequel est insérée cette page :

Un bénédictin pas ordinaire, n° 2515

IMPRIMÉ EN FRANCE PAR BRODARD ET TAUPIN
1912V - La Flèche (Sarthe).
N° d'édition : 2409
Dépôt légal : juin 1994
Nouveau tirage : janvier 1999